JAPANISCHE BIBLIOTHEK

Ishikawa Takuboku
Trauriges Spielzeug

Gedichte und Prosa

Ausgewählt, aus dem Japanischen
übertragen und
mit einem Nachwort versehen
von Wolfgang Schamoni

Insel Verlag

In der Japanischen Bibliothek werden alle Namen in ihrer ursprünglichen japanischen Gestalt belassen. Hierbei steht in der Regel der Familienname voran, gefolgt von dem persönlichen Namen oder einem Schriftstellernamen

Die Japanische Bibliothek im Insel Verlag wird herausgegeben von Irmela Hijiya-Kirschnereit.

Erste Auflage 1994

Satz und Druck: Wagner GmbH, Nördlingen
Printed in Germany

Inhalt

Elf Tanka
1908-1909

immer wieder
stelle ich mir ihn vor:
den Morgenhimmel
am ersten Tag der Welt

ware tsune ni omou sekai no kaihatsu no daiichinichi no akebono no sora

*

Manuskript: Nachts, 23./24. Juni 1908; Druck: Juli 1908; nicht in die Tanka-Sammlungen aufgenommen. Dieses und die folgenden zwei Tanka gehören zu einer Gruppe von insgesamt 120 Tanka, die Takuboku in der genannten Nacht schrieb.

kein Kind
hat sie gezählt
die Telegraphenstangen
die vorbeieilen
auf der Fahrt nach Norden

kazoetaru ko nashi ichiretsu mashigura ni kita ni hashireru denchū no kazu

*

Manuskript: Nachts, 23./24. Juni 1908; Druck: Juli 1908; nicht in die Tanka-Sammlungen aufgenommen. Takubokus Heimat lag im hohen Norden Japans.

im Westen
jenseits der Berge
muß es ein Grab geben
das Milliarden Sonnenuntergänge
aufgenommen hat

saihō no yama no anata ni okuchō no irihi uzumeshi haka aru o omou

*

Manuskript: Nachts, 23./24. Juni 1908; Druck: Juli 1908; nicht in die Tanka-Sammlungen aufgenommen.

jede Fußspur
spiegelt den weiten Himmel
neuen Mut schöpfend
gehe ich
den schlammigen Weg

kutsu no ato mina kotogotoku ōzora o utsusu to isami nukarumi o yuku

*

Druck: Juli 1908; nicht in die Tanka-Sammlungen aufgenommen.

ich sitze
in einem Zimmer ohne Licht
Vater und Mutter
treten aus der Wand
auf Stöcke gestützt

hokage naki shitsu ni ware ari / chichi to haha / kabe no naka yori tsue tsukite izu

*

Druck: Juli 1908; später in »Eine Handvoll Sand«. Dieses und die vorstehenden vier Tanka wurden zusammen mit 115 weiteren Tanka unter dem Titel Ishiwari-shū (»Der Durchbruch«) veröffentlicht und markierten den Beginn einer intensiven Auseinandersetzung mit dieser Gedichtform.

auf der Suche
nach einem Land
wie dem Himmelreich
irren wir hier
umher

tengoku no yō naru kuni ni ikamu tote warera tada kaku samayoite ari

*

Manuskript: 25. Juni 1908; zu Lebzeiten des Autors nicht gedruckt. Das Wort »Himmelreich« ist hier im christlichen Sinne gebraucht.

dreiundzwanzig Jahre alt
bin ich
durch eine Wüste gegangen?
keine Spur bleibt
meiner Füße

nijūsan ā waga kishi wa sunahara ka shirushishi ashi no atokata mo nashi

*

Manuskript: Nachts, 29. August 1908; Druck: Oktober 1908, nicht in die Tanka-Sammlungen aufgenommen. Takuboku hatte um diese Zeit erst das zweiundzwanzigste Lebensjahr vollendet. Nach traditioneller japanischer Zählweise werden jedoch die Kalenderjahre gezählt, in denen jemand gelebt hat, so daß der Dichter im Jahre 1908 »dreiundzwanzig Jahre alt« war.

wie ein Drachen
dessen Schnur gerissen
so flog
ganz leicht
das Herz meiner Jugend
fort

ito kireshi taka no gotoku ni / wakaki hi no kokoro karoku mo / tobisarishi kana

*

Manuskript: 23. Oktober 1908; Druck: November 1908; später in »Eine Handvoll Sand«.

wie der Speichel
eines müden Ochsen
endlos herabrinnend
tausend Jahre
zehntausend Jahre

tsukaretaru ushi no yodare wa / taratara to / senmannen mo tsukizaru gotoshi

*

Manuskript: 23. Oktober 1908; Druck: Dezember 1908; später in »Eine Handvoll Sand«.

»nur deswegen sterben?«
»nur deswegen leben?«
hör auf
hör auf
zu fragen
zu antworten

»Sa bakari no koto ni shinuru ya« / »sa bakari no koto ni ikuru ya« / yose yose mondō

*

Druck: Mai 1909; später in »Eine Handvoll Sand«.

ich weiß
schon morgen
sind dies alles Lügen
warum nur schreibe ich trotzdem
auch heute
Gedichte?

ashita ni nareba mina uso ni naru koto-domo to shiritsutsu kyō mo naze ni uta yomu

*

Manuskript: 1909; zu Lebzeiten des Autors nicht gedruckt. »Gedichte« steht hier für »Tanka« (Takuboku gebraucht das ältere Wort *uta*).

Tagebuch, 7. bis 15. April 1909

April, 7th, Wednesday

Über den blauen Himmel wütet, einen fürchterlichen Lärm verursachend, ein heftiger Westwind. Die Fenster des dritten Stockwerks rattern ununterbrochen, und durch die Ritzen weht sandiger Staub herein, der von tief unten hochgewirbelt wird. Dabei bewegen sich die über den Himmel verstreuten weißen Wolken überhaupt nicht. Gegen Nachmittag legt sich der Wind allmählich.

Ein frühlingshafter Sonnenschein erwärmt das Milchglas des Fensters. Wäre nicht der Wind gewesen, hätte ich heute sogar geschwitzt. Der regelmäßig vorbeikommende alte Leihbuchhändler trat mit den Worten »Was für ein Wind ist das heute!« ins Haus, wobei er sich mit der Handfläche die Nase wischte. »Aber heute gehn in ganz Tōkyō die Kirschblüten auf! Trotz des Windes, das sag ich Ihnen, bei dem Wetter!«

Ich sagte: »Endlich ist es Frühling!«, aber dieses Gefühl verstand der Alte natürlich nicht. »Ja, ja«, meinte er, »Frühling, wissen Sie, das ist Gift für uns. Das Geschäft läuft überhaupt nicht; 's ist ja auch viel schöner auszugehen und sich zu amüsieren als Bücher zu lesen. Nun, das ist verständlich, aber auch bei den Kunden, die noch Bücher lesen, werden die Ausleihzeiten halt so lang.«

Von dem Geld, das ich gestern als Vorschuß in der Firma geliehen habe, ist noch ein 5-Yen-Schein in meinem Portemonnaie. Den ganzen Vormittag über mußte ich daran denken. Vielleicht denkt jemand, der gewöhnlich über Geld verfügt und dann plötzlich keines mehr hat, in ähnlicher Weise auch immer nur an das eine: in beiden Fällen ist es ein seltsames Gefühl. Das heißt, insofern ist es das gleiche, aber da gibt's doch den großen Unterschied zwischen Glück und Unglück.

Da ich nicht weiß, was ich tun soll, lege ich eine Tabelle der japanischen Silben in lateinischer Schrift an. Zwischen den

Buchstaben der Tabelle erscheinen ab und zu die Bilder meiner Mutter und meiner Frau, die jenseits des Meeres von Tsugaru sind, und streifen meine Gedanken. »Der Frühling ist da. Es ist April. Frühling! Frühling! und alles blüht! Jetzt bin ich ein Jahr in Tōkyō ... Aber ich bin noch nicht so weit, daß ich meine Familie nachkommen lassen kann.« Das ist das Problem, das in der letzten Zeit täglich mehrmals in meinen Gedanken hin- und herwandert ...

Warum schreibe ich dann dieses Tagebuch in lateinischer Schrift? Warum? Ich liebe meine Frau. Gerade weil ich sie liebe, will ich nicht, daß sie dies liest. – Aber das ist gelogen! Es stimmt, daß ich sie liebe. Und es stimmt auch, daß ich nicht will, daß sie dies liest. Aber diese beiden Dinge hängen nicht unbedingt zusammen.

Bin ich also ein Schwächling? Nein. Dies ist die Folge der Fehlkonstruktion namens Ehe. Was für eine idiotische Institution! Aber was ist dann zu tun?

Es ist einfach traurig!

Aus Sapporo kam von Tachibana Chieko eine Postkarte: sie sei wieder gesund und sei am 26. des letzten Monats aus dem Krankenhaus entlassen worden.

Heute ist das letzte entscheidende Match der im Nachbarzimmer einquartierten Tennisspieler von der Universität Kyōto. Sie sind in guter Stimmung aus dem Haus gegangen.

Nach dem Mittagessen wie immer mit der Straßenbahn zur Arbeit gefahren. In der Firma lese ich in einer Ecke des großen Redaktionsraumes zusammen mit mehreren älteren Männern Korrektur. Abends gegen halb sechs, wenn die Korrektur der ersten Auflage fertig ist, gehe ich nach Hause: das ist mein Tagespensum, mit dem ich meinen Lebensunterhalt bestreite.

Heute haben sich die alten Männer über Liebesselbstmord unterhalten. Was für eine bittere Ironie! Außerdem haben sie über kalte Füße gesprochen. Der alte Kimura mit dem gemeinen, geilen Gesichtsausdruck meinte: »Herr Ishikawa,

Sie denken sicher: worüber reden die Alten nur.« Ich habe gelacht. Auch das war vollkommene Ironie.
Auf dem Rückweg durch Hongō gegangen, um ein paar Einkäufe zu erledigen. Die Kirschblüten auf dem Universitätscampus haben sich heute während des einen Tages zur Hälfte geöffnet. Überall ist jetzt richtig Frühling. Das Geräusch der Schritte der Menschen, die auf den vollen Straßen umhergehen, versetzt einen irgendwie in fröhliche Stimmung. Schöne Frauen in wunderbaren Kimonos eine nach der anderen, daß man sich verwundert fragt, wo sie so plötzlich alle hergekommen sind. Es ist Frühling! Das war mein Gedanke. Und ich dachte an meine Frau und die kleine Kyōko. Bis April hol' ich euch bestimmt nach Tōkyō, hab ich gesagt: und habe sie nicht geholt. Ah, die Literatur ist mein Feind. Und meine Philosophie ist nichts weiter als der Spott über mich selbst! Ich wünsche mir viele Dinge, aber ist es tatsächlich nicht einfach nur eine Sache? – Geld!
Die Tennisspieler von nebenan haben offenbar doch gegen Tōkyō verloren. Um 8 Uhr mit Kindaichi in das neue Kino an unserer Straße gegangen. Die Kinoerzähler waren alle schlecht. Einer davon sah einem Bekannten aus der Mittelschulzeit namens Shimodomai ähnlich. Er brachte die Leute mit unsäglich albernen Witzen zum Lachen. Während ich diesen Mann beobachtete, dachte ich an Miyanaga Sakichi, der in der ersten Klasse der Mittelschule mein Klassenkamerad war und später zeitweise offenbar bis auf die tiefste Ebene der Gesellschaft, von der unsereins gar keine Ahnung hat, gesunken ist. Danach soll er Kinoerzähler geworden sein, so geht das Gerücht.
Als ich nach 10 heimkomme, ist im Nachbarzimmer große Aufregung. Einer der Tennisspieler, der von der Abschlußparty besoffen heimgekommen ist, tobt herum, schmeißt eine Lampe kaputt und zerbricht eines der hölzernen Fenstergitter. Treffe vor der Tür zufällig mit einem ehemaligen Mitschüler, Sakaushi, einem aus der Gruppe, zusammen. Er war in der Oberstufe der Grundschule mit mir in derselben

Klasse. Jetzt ist er Student der Ingenieurwissenschaften an der Uni Kyōto. Wir haben uns acht Jahre nicht gesehen. Zu dreien (zusammen mit Kindaichi) gehen wir in mein Zimmer und amüsieren uns bis um ein Uhr, lärmend und kindische Geschichten erzählend. Währenddessen ist es im Nachbarzimmer still geworden. Frühlingsnacht – die Nacht nach einem Tag, da in dem warmen Wetter die Kirschblüten der ganzen Stadt aufgegangen sind.

In der still gewordenen Stadt liege ich wach und lausche auf den friedlichen Atem der Frühlingsnacht. Und mein Leben in diesem engen Zimmer von knapp zehn Quadratmetern erscheint mir so trostlos und farblos. Was für eine Gestalt ist das, die hier in diesem engen Zimmer vor unaussprechlicher Erschöpfung alleine einschläft. Die letzte Entdeckung des Menschen ist, daß der Mensch selbst überhaupt nichts besonderes ist!

Während ich diese matte Unruhe in mir spüre und diese mühsam nach einem Gegenstand des Interesses suchende schale Hoffnung hege, lebe ich nun schon ziemlich lange in diesem engen Zimmer: mehr als 200 Tage. Wann werde ich ... Nein, nein!

Lese im Bett »Erzählungen von Turgenjew«.

8th, Thursday

Vielleicht haben sie es über all der Aufregung mit dem Nachbarzimmer vergessen (daß ich vergessen werde, ist eine Beleidigung: In meiner jetzigen Lage ist diese Beleidigung aber auch selbstverständlich – so lache ich über alles): Es sind zwei Stunden vergangen, seit ich aufgestanden bin und mich gewaschen habe, und man hat mir immer noch nicht das Frühstück gebracht.

Ich denke nach: Bisher habe ich in solchen Fällen nichts gesagt, habe mich nie beschwert. Aber tat ich das etwa, weil ich großzügig bin? Wahrscheinlich nicht deshalb. Es war eine Maske. Oder es geschah aus einer noch grausameren Absicht heraus. Ich denke nach. Und rufe das Zimmermädchen.

Ein milder, blauer Himmel. Während der Kirschblütezeit herrscht in den Straßen eine irgendwie heitere und unbeschwerte Atmosphäre. Ab und zu wirbelt der Wind den Staub auf und weht durch die festlichen Kleider der umherschlendernden Menschen.

Auf dem Heimweg von der Firma traf ich in der Straßenbahn den Ingenieur Hinosawa. Ein geschniegelter und gebügelter Typ. Als wir nebeneinander saßen, er im nagelneuen westlichen Anzug, ich in einem alten gefütterten Kimono mit abgewetzten Ärmeln, da mußte ich einfach irgendwelche ironische Bemerkungen loswerden: »Sind Sie zur Kirschblüte gegangen?« »Gar nicht dran zu denken! Viel zuviel zu tun!« »Viel zu tun – das hört man gerne!« Meine Bemerkung war platt und trivial, aber ich hab's trotzdem gesagt. Ja, wenn ich diesem trivialen Menschen gegenüber eine solche triviale Bemerkung mache, so ist das als vollkommene Ironie gedacht. Natürlich ist nicht zu befürchten, daß Hinosawa das versteht. Es hat überhaupt keine Wirkung auf ihn. Daran hab ich meinen Spaß.

Uns gegenüber saßen zwei alte Frauen. Ich sagte: »Ich find die alten Frauen in Tōkyō unsympathisch.« Und er: »Wieso?« »Ich find, sie sehen unsympathisch aus, sie haben so etwas Unangenehmes an sich; sie haben überhaupt nicht dieses angenehm Omahafte wie die Frauen auf dem Lande.« Dabei schaute mich die eine der beiden gegenübersitzenden Frauen durch ihre dunklen Brillengläser an. Die Leute um uns herum blickten auch zu uns herüber. Mir bereitete das Vergnügen.

»Wirklich, finden Sie?« meinte Hinosawa und bemühte sich besonders leise zu sprechen.

»A propos Frauen: bei jungen Frauen kommen natürlich nur die in Tōkyō in Frage. Aber die alten, die haben alle, find ich, so einen widerlichen Zug im Gesicht.«

»Hahaha!«

»Ich geh gern zum Kinematographen. Sie auch?«

»Bin noch nie dagewesen.«

»Kino ist wirklich interessant. Gehn Sie mal hin! Wie soll ich sagen: dieses plötzliche Hellwerden und dann wieder das Dunkelwerden – das find ich interessant.«

»Davon kriegt man schlechte Augen«, meinte er. Dabei konnte ich in seinem Blick deutlich erkennen, wie peinlich ihm die Situation war. Ich empfand ein leichtes Triumphgefühl.

»Hahahaha« – Diesmal lachte ich.

Da ich einen Riß in meinem Kimono nähen wollte, ging ich abends gegen acht los, um Nadel und Garn zu kaufen. In der Hauptstraße von Hongō das Gewimmel eines Frühlingstages. Außer den üblichen Verkaufsbuden hatten viele Blumenstände aufgemacht. Die Leute drängelten sich mit frohen Mienen aneinander vorbei. Statt mir Nadel und Garn zu besorgen, zog ich schließlich das Portemonnaie (dabei rief es in mir: »Nein! Laß das!«) und kaufte dieses Heft, Socken, Unterwäsche, Schreibpapier, dazu zwei Blumentöpfe mit Stiefmütterchen (zu je 5 Sen). Wieso muß ich sogar beim Einkaufen von lebensnotwendigen Dingen diese Stimme in mir hören? »Dir bleibt kein Pfennig übrig!« sagt die Stimme, und: »Deine Familie in Hakodate leidet Not!«

Mit dem einen Stiefmütterchentopf ging ich zu Kindaichi. Er sagte: »Als ich gestern bei dir war, wollte ich dir eigentlich etwas erzählen, hab's aber nicht 'rausgebracht.« Damit begann eine interessante Geschichte.

»Was denn? Keine Ahnung, was du meinst.«

Kindaichi setzte mehrmals an zu erzählen. Dann fing er schließlich an. Das war die Geschichte:

Die Studenten aus Kyōto sind am Ersten des Monats in diese Pension gekommen. Es sind mehr als ein Dutzend, und sie haben in Nummer 7 und Nummer 8, d.h. den beiden Zimmern zwischen Kindaichi und mir, übernachtet. Die Hausmädchen waren alle in heller Aufregung und haben sich nur noch um die Wünsche der Studenten gekümmert. Besonders Okiyo – die hübscheste unter den fünf Mädchen, die gerade im dritten Stock Dienst hat, war von morgens bis abends – bis tief in die Nacht hinein – bei den Studenten. Dauernd wurde nach Okiyo gerufen. Dabei fielen auch ziemlich anzügliche Bemerkungen, und die ganze Atmosphäre erschien mir zweifelhaft. Mich störte es nicht besonders, daß sich die Hausmädchen an diese immer wieder aufkommenden Belästigungen gewöhnt haben und folglich demgegenüber eine gewisse Unempfindlichkeit an den Tag legen. Aber Kindaichi wurde jedesmal (so erzählt er) von einer unbeschreiblichen Eifersucht erfaßt, wenn er im Nebenzimmer Geräusche hörte.

Eifersucht! Was für ein delikates Wort! Kindaichi vermochte diese Eifersucht nicht zu beherrschen und empfand sich selbst schließlich als einen armseligen Eifersüchtling. Er war während der Feiertage vom Ersten bis zum Vierten in einer völlig unerfreulichen Verfassung. Am Fünften ging er erleichtert zum Sanshōdō. Er fühlte sich dort um einiges entspannter als zu Hause – das erinnert an den »kleinen Dichter« (eine erbärmliche Figur, die da in der Redaktion arbeitet). Dort sei er endlich in eine etwas normalere Stimmung gekommen, erzählt er.

Okiyo ist seit Ende Februar hier Hausmädchen. Eine sinnlich füllige Frau, frisch und gesund aussehend, mit dichten Augenbrauen. In dem etwas breiten Gesicht zeigt sich Willensstärke. Sie soll zwanzig sein. Anfangs scheint sie Kindaichi ziemliche Avancen gemacht zu haben. Darüber hat sich Otsune (auch eine interessante Frau) geärgert und die Sache gestört, worauf Okiyo plötzlich ihre Haltung gegenüber Kindaichi geändert hat. Das ist seine Version, und ich kann's mir gut vorstellen. Er hat danach Okiyo ständig im Auge behalten – so wie man einen Vogel beobachtet, der einmal in das eigene Haus hereingeflogen kam und danach wieder weggeflogen ist. Mir scheint, Okiyos angeborene aufreizende und dabei das Gegenüber irgendwie überwältigende Haltung hat auf Kindaichi, der wenig Erfahrung mit Frauen hat, unvermerkt einen starken Einfluß ausgeübt. Und Kindaichi, der bisher den Hausmädchen nie Trinkgeld gab, hat am Letzten des Vormonats ausschließlich Okiyo etwas gegeben. Okiyo hat es unten sofort allen erzählt. Am anderen Tag war Otsune wie verwandelt. Eine völlig idiotische und dabei jämmerliche Geschichte. Und eben deshalb wirklich interessant. Und genau in dem Moment kamen die Studenten.

Okiyo ist eine starke Frau! Darüber sind wir zwei uns einig. Unter den fünf Hausmädchen arbeitet sie am meisten. Dafür soll sie auch, sobald es 10 Uhr abends ist, einfach schlafen gehen. In der Arbeit kann keine andere mit ihr konkurrieren: deshalb hat Okiyo unversehens alle anderen zur Seite gedrängt. Sie scheint eine Frau zu sein, die sich nicht unterkriegen läßt und kaum jemals weint. Von Natur aus ein starker Mensch.

Unbestreitbar ist Kindaichi demgegenüber ein schwacher, leicht Eifersucht empfindender Mensch. Einerseits ist er ein wirklich ruhiger, gutmütiger, lieber Kerl, andererseits ist er eifersüchtig, etwas eitel, und weibisch.

Dem sei, wie es sei. Die Studenten sind heute alle abgefahren. Nur zwei sind noch geblieben. Die beiden haben heute nacht in Raum 7 und 8, jeder für sich, geschlafen.

Ich war bis spät auf.

Es war gerade 20 nach eins. Während ich völlig konzentriert schrieb, hörte ich plötzlich vor meinem Zimmer jemanden ganz leise schleichen und dazu ein schweres Atmen. Wer ist das? Ich hielt den Atem an und spitzte die Ohren.

In der Stille der Nacht hörte sich das Atmen wie ein lauter Sturm an. Eine Zeitlang hörte man keine Schritte mehr. Er schien sich zu orientieren.

Von Anfang an wußte ich, daß das kein Dieb oder dergleichen war! Ganz sicher nicht!

Dann plötzlich zeichnete sich auf dem Papier der Zimmertür deutlich der Schatten einer Frau mit hochgesteckten Haaren ab. Es war Okiyo.

Auch eine starke Frau atmet schwer, nachdem sie sich ganz leise die steile Treppe hochgeschlichen hat. Man merkte

daran, wie heftig ihr Herz schlug. Der Schatten wurde durch die Lampe auf dem Flur erzeugt.
Die Tür des Nebenzimmers wurde leise aufgeschoben. Die Frau ging ins Zimmer.
Man hörte ein undeutliches »Mmmm«: die Stimme des Mannes, der offenbar aufgeweckt wurde.
Kurz darauf öffnete die Frau die vorher geschlossene Tür wieder ein wenig. Sie schien vor meinem Zimmer zu horchen. Dann ging sie wieder in das Nachbarzimmer. Wieder das »Mmmm«. Leises Sprechen. Die Frau ging zur Zimmertür zurück und machte sie zu. Mir war, als hätte ich sie ein paar Schritte gehen gehört, dann wieder kein Laut.
In einem abgelegenen Zimmer schlug die Uhr halb zwei.
In der Ferne Hühnergegacker.
Ich wäre fast erstickt. Im Nachbarzimmer dachten sie natürlich, ich sei schon eingeschlafen. Wenn ich sie spüren ließe, daß ich noch auf war, wären sie in einer peinlichen Situation. Was sollte ich tun? Ich zog mich daraufhin so geräuschlos wie möglich aus. Zuerst den Kimono-Überwurf, dann die Socken. Es kostete mich ziemliche Mühe, leise aufzustehen und mich hinzulegen. Auf jeden Fall dauerte es zehn Minuten, bis ich endlich, ohne ein Geräusch verursacht zu haben, im Bett lag. Ich war immer noch irgendwie in höchster Anspannung. Wirklich eine verflixte Situation.
Aus dem Nachbarzimmer war undeutlich ein eiliges, heißes, unregelmäßiges Atmen zu hören. Sie waren mittendrin in jenem Vergnügen, in dem Leib und Seele zerschmelzen.
Wieso blieb ich ruhig, während ich dies Geräusch (ein seltsames Geräusch) hörte? Von Anfang an dachte ich: da hast du einen guten Stoff für eine Erzählung. Ich überlegte: »Welcher Mann ist das bloß? Er ist sicher eigens noch dageblieben, um Okiyo zu kriegen. Trotzdem: diese Okiyo hat's faustdick hinter den Ohren.« Und dann: »Soll ich das Kindaichi erzählen? Nein, das wäre grausam ... Oder doch: Das wär ein Spaß für mich.« Die Uhr schlug zwei.
Kurz darauf schlief ich ein.

9th, Friday

Die Kirschbäume sind zu neunzig Prozent aufgeblüht. Es ist ein warmer, milder, ganz und gar frühlingshafter Tag. Der Himmel ist in der Ferne von Dunst verhüllt.

Als ich heute die gestern eingetroffene Postkarte von Chieko wieder las (gestern weckte sie keine besonderen Gefühle in mir), spürte ich, ich weiß nicht warum, eine unerträgliche Sehnsucht nach ihr. Ich dachte: bevor sie jemand anderen heiratet, will ich sie wenigstens noch einmal treffen!

Chieko! Was für ein schöner Name! Dieser anmutige und leichte, so durch und durch zu einer jungen Frau gehörende Gang! Diese wohlklingende Stimme! Wir haben nur zweimal miteinander gesprochen. Einmal im Haus des Rektors Ōtake, als ich mein Entlassungsgesuch überreichte; das andere Mal in dem Zimmer in Yachigashira mit den kastanienbraunen Fenstervorhängen – ja, das war, als ich ihr ein Exemplar von »Sehnsucht« brachte. Beides war in Hakodate.

Ah! Seit dem Abschied von ihr sind schon zwanzig Monate vergangen.

Habe Kindaichi nun doch erzählt, was gestern abend geschehen ist. Natürlich wird sich das »Tief«, welches sich deswegen in seinen Gefühlen gebildet hat, nicht so schnell auflösen. Heute war er den ganzen Tag über niedergeschlagen. Das heißt, natürlich ist er nicht verliebt in sie, aber er kann auch nicht darüber lachen wie ich. Er wußte sofort, daß es sich um einen Kerl namens Wakazono handelte. Dieser ist heute abend um 9 Uhr abgefahren. Seine Abschiedsworte an Okiyo habe ich zusammen mit Kindaichi von diesem Zimmer aus mitangehört. Daraus war zu entnehmen, daß er aus einer Art Konkurrenzsituation mit einem gewissen Watanabe heraus sich entschlossen hatte, alleine zurückzubleiben und Okiyo zu erobern. Unmittelbar nachdem er das Haus verlassen hatte, summte sie fröhlich vor sich hin, während sie ihrer Arbeit nachging.

In der Firma war heute der erste Druck früher fertig als sonst, und ich kam um 5 nach Hause. Abends drängte es mich schrecklich auszugehen, aber ich bezwang mich.
Auf dem Heimweg habe ich heute in der Straßenbahn ein kleines Mädchen gesehen, das Kyōko sehr ähnlich sah. Habe Kyōko seit unserem Abschied Anfang letzten Jahres nicht mehr gesehen. Das Mädchen blies auf einer Kirmesflöte und sah zu mir herüber. Dabei lachte es schüchtern und verbarg sein Gesicht immer wieder. Ich hätte es am liebsten in den Arm genommen.
Und auch die Mutter des Kindes sah meiner alten Mutter ähnlich: so etwa muß sie ausgesehen haben, als sie jung war: die Nase, die Wangen, die Augen ... das ganze Gesicht. Dabei kein allzu vornehmes Gesicht!
Von Koyakko (Tsubo Jinko) aus Kushiro ein Sehnsüchte erweckender Brief.
In der Ferne das Quaken der Frösche. Die ersten Frösche des Jahres! Das Quaken erinnert mich an eine Szene vor fünf Jahren: an den Garten von Herrn Ozaki in Shinagawa, und dann an Hotta Hideko, die jetzt am Meer in Kunohe wohnt!
Im Bett die Erzählungen im neuen *Chūō kōron* gelesen.

10th, Saturday
Letzte Nacht bis nach 3 im Bett gelesen. Deshalb heute erst nach 10 aufgestanden. Über den blauen Himmel fegt der Südwind.
Die Kurzgeschichten der letzten Zeit sind nichts weiter als eine Neuauflage der Skizzen, so wie sie vor einigen Jahren einmal Mode waren, d.h., wenn wir sie heute lesen, vermögen wir nichts anderes mehr darin zu entdecken. Unsere Unzufriedenheit beweist, daß die Bedeutung der naturalistischen Philosophie als Lebensanschauung langsam abnimmt.
Die Zeiten ändern sich! Unbestreitbar war der Naturalismus zu Anfang die von uns am leidenschaftlichsten aufgegriffene

Philosophie. Aber irgendwann haben wir die Widersprüche in dieser Theorie entdeckt. Und als wir in Überwindung dieser Widersprüche voranschritten, war das Schwert in unserer Hand bereits nicht mehr das des Naturalismus. Zumindest ich persönlich kann mich nicht mehr mit der Zuschauerhaltung des Naturalismus zufrieden geben. Die Haltung des Autors zum Leben darf nicht die des Zuschauers sein. Der Autor muß Kritiker sein, oder Reformer des Lebens, oder auch . . .
Der positive Naturalismus, bei dem ich angelangt bin, ist ein neuer Idealismus. Das Wort Ideal haben wir lange Zeit geschmäht. Tatsächlich waren unsere ehemaligen Ideale, wie wir inzwischen erkannt haben, nur klägliche Phantastereien, waren nichts weiter als *life illusion*. Aber wir leben, wir müssen leben. Das Ideal, welches wir mit unseren eigenen Händen aufrichten, nachdem wir vorher alles zerstört haben, ist nicht mehr eine klägliche Phantasie. Aber auch wenn dies Ideal eine *life illusion* sein sollte, wir können nicht ohne es leben. – Wenn ich auch noch dieses aus meinem Innersten kommende Bedürfnis aufgeben müßte, dann bliebe mir nur noch der Tod.

Was ich heute morgen geschrieben habe, ist gelogen. Zumindest ist es für mich nicht von primärer Bedeutung. Ich finde: Alles, was die Menschen unternehmen, ist nicht groß. Daß ich ehemals die Literatur als etwas ansah, das größer wäre als alles andere, das geschah, als ich noch nicht wußte, was »groß« ist. Kann es überhaupt unter den Dingen, die Menschen tun, irgend etwas Großes geben? Der Mensch selbst ist weder groß noch verdient er besondere Hochachtung.
Ich möchte nur seelisch zur Ruhe kommen. – Das habe ich heute nacht begriffen! Ja das ist es! Nichts anderes!
Ruhe! Ein Gefühl, frei von aller Angst, was für ein Gefühl ist das überhaupt? Seit langer Zeit, seit ich zu denken begonnen habe, kenne ich dies Gefühl nicht mehr.

In der letzten Zeit fühle ich mich am unbeschwertesten, wenn ich in der Straßenbahn auf dem Weg zur oder von der Arbeit bin. Bin ich zu Hause, dann ist mir, ohne daß ich wüßte warum, als ob ich irgendwas tun müßte, aber dies »irgendwas« ist das Problem. Lesen? Oder schreiben? Es scheint keines von beiden zu sein. Oder vielmehr: das Lesen und das Schreiben scheint nur ein Teil dieses »irgendwas« zu sein. Was gibt es für mich außer Lesen und Schreiben zu tun? Ich weiß nicht was, aber ich habe das Gefühl, als müsse ich irgendwas tun. Und wie unbeschwerten Gedanken ich auch nachhänge, mir ist, als ob mir ständig »irgendwas« im Nakken sitze. Und in dieser Situation bin ich dann völlig unfähig, etwas zu tun.

Ich empfinde den Wechsel der Naturphänomene besonders scharf. Wenn ich die Kirschblüten sehe, fühle ich: Ah, die Kirschbäume blühen, und dies simple Gefühl kommt scharf wie ein Pfeil. Mir ist, als ob sich die Blüten vor meinen Augen öffneten und als ob zur selben Zeit das Fallen näherrücke. Was immer ich sehe, mir ist, als ob ich an einem reißenden Strom stehe, keinerlei Stille, keine Ruhe. Ob ich von hinten bedrängt werde, oder von vorne gezogen werde, auf jeden Fall, meine Gefühle kommen nicht zur Ruhe. Mir ist, als ob ich in diesem Moment losrennen müßte.

Nach was verlangt mich dann? Nach Ruhm? – nein; Erfolg? – nein; Liebe? – nein; Wissen? – nein; dann also Geld? Ja, Geld ist eines. Aber das ist nicht Ziel, sondern Mittel. Das, wonach ich aus tiefstem Herzen verlange, ist: zur Ruhe zu kommen. Ja, das ist es!

Das heißt wohl, ich bin müde.

Die Revolution, die seit Ende letzten Jahres in meinem Inneren begonnen hat, schreitet mit ungeheurer Energie voran. Obgleich kein bestimmter Feind vor meinen Augen auftauchte, war ich während dieser hundert Tage ständig zum Kampf gerüstet. Die Menschen erschienen mir alle unterschiedslos als Feinde: Manchmal wollte ich alle umbringen, einen nach dem anderen, angefangen bei denen, die mir am nächsten standen. Je näher sie mir standen, desto mehr haßte ich sie. »Alles neu« – das war meine »neue« Hoffnung, die jeden meiner Tage beherrschte. Meine »neue Welt«, das war die Welt der »Starken«.

Der Naturalismus als Philosophie trat dabei aus seiner »passiven« Festung und durchquerte die »aktive« weite Ebene. Er – der »Starke« – mußte die aus den verschiedensten Bindungen und traditionellen Gewohnheiten bestehende alte Rüstung von sich werfen und ganz nackt, ohne fremde Hilfe, mutig kämpfen. Mit einem Herzen aus Eisen, ohne zu weinen, ohne zu lachen, ohne Rücksichtnahmen, mußte er ungestüm geradeaus voranschreiten in die Richtung, in die es ihm zu gehen verlangte. Alles, was menschliche Tugend genannt wird, mußte er wie Staub von sich schütteln, und gleichzeitig in völliger Kaltblütigkeit das tun, was ein Mensch eigentlich nicht zu tun vermag. Wofür? Das verstand er selber nicht; oder vielmehr: er selbst war sein Ziel, und das Ziel der Menschen insgesamt.

Die hundert Tage, während derer ich hochgerüstet war, während derer ich den Krieger spielte, gingen vorbei. Wen hatte ich besiegt? Um wieviel bin ich stärker geworden?

Das heißt: ich bin müde. Ich bin müde, ohne gekämpft zu haben. Es führen zwei Wege durch die Welt. Nur zwei. *All or Nothing*. Der eine ist: Gegen alles kämpfen. Das heißt Siegen oder Sterben. Der andere Weg: Gegen nichts kämpfen. Das heißt: nicht siegen, aber auch nicht verlieren. Wer nicht verliert, findet Ruhe: wer immer siegt, ist voller Kraft. Und beide haben vor nichts Angst ... Bei diesem Gedanken wird mir weder heller ums Herz noch spüre ich neue Energie in mir. Es macht mich traurig. Ich habe einen unglücklichen Charakter. Ich bin ein Schwächling. Ein Schwächling mit einem Schwert, das mächtiger ist als alle anderen Schwerter. Ich muß kämpfen, aber ich kann nicht kämpfen. Dann bleibt mir nur zu sterben. Aber ich mag nicht sterben. Ich will nicht sterben! Aber warum lebe ich dann?

Ich möchte wie ein Bauer leben, ohne etwas zu wissen. Ich

bin allzu klug geworden. Ich beneide die, die verrückt werden. Ich bin allzu gesund, körperlich und seelisch. Ach, ich möchte alles vergessen! Warum?
Ich möchte an einen Ort gehen, wo niemand ist. Dieser Wunsch reizt mich in der letzten Zeit. Ein Ort, wo niemand sonst ist, oder wo man wenigstens keines Menschen Stimme hört. Nein: wo man nichts hört, was auch nur etwas mit mir zu tun hätte. Ein Ort, wo nicht zu erwarten ist, daß irgend jemand kommt und mich sieht. Dort möchte ich etwa eine Woche, oder zehn Tage, nein, auch nur einen Tag, oder meinetwegen auch nur einen halben Tag einmal ganz allein herumsitzen. An einem Ort, wo ich nicht erwarten muß, daß mich jemand ansieht, egal was für ein Gesicht ich mache, egal wie ich angezogen bin, an einem solchen Ort möchte ich meinen Körper einmal so richtig zur Ruhe kommen lassen.
Um diese Gedanken zu vergessen, gehe ich ab und zu dorthin, wo viele Menschen sind – ich gehe ins Kino. Dorthin gehe ich auch, wenn ich umgekehrt irgendwie Sehnsucht bekomme, nach den Menschen – nach jungen Frauen. Aber dort finde ich keine Befriedigung. Nur wenn ich Filme, vor allem die blödesten, kindischsten Filme sehe, ja, dann versetze ich mich in kindliche Gefühle zurück und kann manchmal alles andere vergessen. Aber sobald der Film aus ist und es plötzlich wieder hell wird, und ich die zahllosen mir unbekannten Menschen entdecke, dann erwacht in mir der Wunsch zu einem noch belebteren, noch interessanteren Ort zu gehen. Manchmal rieche ich dann direkt vor mir den starken Duft von Frauenhaar oder drücke eine warme Hand. Aber in solchen Momenten überschlage ich in Gedanken den Inhalt meines Portemonnaies, oder vielmehr: ich überlege, wie ich bei wem Geld leihen könnte. Wenn ich eine warme Hand drücke oder den starken Duft von Frauenhaar rieche, dann erwacht in mir der Wunsch, nicht nur eine Hand zu drücken, sondern einen weichen, warmen, weißen Körper zu umarmen. Wie einsam fühle ich mich, wenn ich

ohne dies erreicht zu haben nach Hause gehe! Es ist nicht nur die Einsamkeit nach einer ausgebliebenen sexuellen Befriedigung. Es ist die tiefe, schreckliche Enttäuschung, daß alles, wonach mich verlangt, nicht erreichbar ist.

Wenn ich etwas Geld habe, gehe ich ohne zu zögern in jene von lasziven Stimmen erfüllten, engen, schmutzigen Gassen. Seit letztem Herbst bin ich dreizehn- oder vierzehnmal dort gewesen. Und ich habe mit zehn verschiedenen Prostituierten geschlafen. Mitsu, Masa, Kiyo, Mine, Tsuyu, Hana, Aki ... Von manchen habe ich auch die Namen vergessen. Was ich dort suche, ist ein warmer, weicher, weißer Körper, ein Genuß, in dem Leib und Seele zerschmelzen. Aber jede dieser Frauen hat – von der schon etwas älteren bis zu der sechzehnjährigen, die noch fast ein Kind ist – mit Hunderten, Tausenden von Männern geschlafen. Ihre Gesichter haben keinen Glanz, ihre Haut ist kalt und stumpf. Sie haben sich völlig an die Männer gewöhnt, sie spüren keinerlei Reiz mehr. Gegen ein wenig Geld vermieten sie Männern ihr Geschlecht für einen Augenblick. Für sie bedeutet das weiter nichts. Sie lösen nicht einmal den Gürtel, sondern legen sich einfach hin und sagen: Also los. Ohne jede Scham tun sie die Beine auseinander. Es ist ihnen völlig egal, ob im Nebenzimmer jemand ist. (Darin drückt sich ihre interessante Ironie aus!) In ihrem von Tausenden von Männern verwüsteten Geschlecht gibt es keine Kontraktion der Muskeln mehr. Es ist schlaff, keine Spur von jenem Genuß, in dem Leib und Seele zerschmelzen!

Der ungeduldige Wunsch nach einem noch stärkeren Reiz verläßt mich auch in dem Moment nicht, da ich diesen Reiz genieße. Die Haut der achtzehnjährigen Masa, bei der ich drei- oder viermal war, ist rauh und trocken wie die Haut einer alten Frau. In dem engen, knapp drei Quadratmeter großen Raum war kein Licht, und ein seltsamer, stickiger Geruch von Fleisch erfüllte den Raum. Die Frau schlief sofort ein. Ich war so ärgerlich, daß ich einfach nicht schlafen konnte. Ich ging mit der Hand zwischen ihre Beine und wühlte grob in ihrem Geschlecht herum. Schließlich steckte ich alle fünf Finger hinein und drückte so fest ich konnte. Selbst dabei wachte die Frau nicht auf: Wahrscheinlich hatte sie sich schon so an die Männer gewöhnt, daß sie keine Empfindung mehr im Geschlechtsteil hatte. Eine Frau, die mit Tausenden von Männern geschlafen hat! Ich wurde immer gereizter und schob die Hand noch heftiger hinein. Schließlich ging sie bis zum Handgelenk hinein. Da stöhnte die Frau und wachte auf. Und unerwartet umklammerte sie mich: Ah, ah, das ist schön! Weiter, weiter, ah! Eine Frau, die mit Achtzehn bei den üblichen Reizungen bereits nichts mehr spürt! Ich wischte die Hand an ihrem Gesicht ab. Ich hätte am liebsten beide Hände oder die Füße in ihr Geschlecht gestoßen, bis es aufgeplatzt wäre. Ich wollte, wenn auch nur als Vision, sehen, wie der blutige Leib der Frau vor mir läge. Ah, der Mann hat das Recht, auf die grausamste Art eine Frau zu töten! Was für eine schreckliche, widerliche Szene!

Ich kann nicht an einen völlig menschenleeren Ort gehen. Und ich kann auch keinerlei Befriedigung finden. Der Schmerz des Lebens geht immer weiter, und es gibt keine Lösung für das Leben selbst. Alles ist Fessel, und überall lastet die Verantwortung. Was soll ich tun? Hamlet hat gesagt: *To be or not to be?* Aber für mich ist das Problem Tod komplizierter als zu Hamlets Zeit. Ach, Ilja! Ilja in *Three of them*! Iljas Plan war der größte Plan, den ein Mensch sich vornehmen kann. Er versuchte, aus dem Menschenleben auszubrechen. Das heißt: er brach tatsächlich aus. Und mit aller Kraft, die in ihm war, rannte er vom Menschenleben – von diesem unseren Menschenleben weg auf den Weg in die grenzenlose Dunkelheit. Und er zerschmetterte seinen Kopf an einer steinernen Mauer und starb!

Ilja war nicht verheiratet. Ich denke immer daran: Ilja ist beneidenswert! Er ist nicht verheiratet! Da liegt der Unterschied zwischen dem traurigen Ilja und mir!

Ich bin jetzt müde. Und suche die Ruhe. Diese Ruhe: Was ist

das? Wo gibt es diese Ruhe? Auch wenn ich hundert Jahre warte, ich kann nie zu dem unbefleckten Gefühl zurück, das keine Schmerzen kannte. Wo gibt es Ruhe?

»Ich möchte krank werden.« Dieser heimliche Wunsch sitzt mir seit langem im Kopf. Krankheit! Dieses Wort, das die Leute verabscheuen, weckt in mir Sehnsüchte wie die Namen der Berge der Heimat. – Ein freies Leben, befreit von aller Verantwortung! Der einzige Weg, dies zu erreichen, ist für uns die Krankheit!

»Wenn sie doch alle stürben!« Aber keiner stirbt. »Wenn sie mich doch alle angriffen!« Aber keiner macht Anstalten, mich anzugreifen. Die Freunde haben alle Mitleid mit mir. Wieso werde ich von anderen geliebt? Wieso kann ich die anderen nicht aus tiefster Seele hassen? Geliebt zu werden ist eine unerträgliche Beleidigung!

Aber ich bin müde! Ich bin ein Schwächling!

Wenigstens ein Jahr lang, oder einen Monat,
meinetwegen auch nur eine Woche,
oder drei Tage,
Gott, wenn es Dich gibt, Gott!
Meine Bitte ist: laß irgend etwas an mir
ein wenig krank werden,
es darf auch weh tun, aber laß mich
krank werden, ich bitte Dich.
Laß mich auf einem schneeweißen, weichen
Bett, in das mein Körper ganz sanft –
wie in den Talgrund der Ruhe – versinkt,
nein – meinetwegen auch auf den harten
Bodenmatten eines Altersheimes,
ohne etwas zu denken (es macht nichts,
wenn ich dabei sterbe!), ganz ruhig liegen!
– so ruhig, daß ich nicht einmal merke,
wenn jemand käme und mir
Arme und Beine wegnähme – so ruhig
möchte ich liegen!

Wie wär' das! Dieses Gefühl? Ach,
wenn ich nur daran denke,
werde ich müde! Wenn ich die Kleider,
die ich trage – die schwere, schwere
Verantwortung ausziehen könnte! (ah!
welch ein Traum!) – mein Körper würde leicht
wie Wasserstoff an den hohen Himmel
aufsteigen und unten würden sie
vielleicht alle sagen:
»Seht, eine Lerche!«

Der Tod! Tod! Das ist
mein einziger Wunsch!

Ah! Willst Du mich wirklich töten?
Gott, warte noch, einen Moment!

Nur einen kleinen Moment. Ich will nur
Brot kaufen
für fünf, nur für fünf Sen!
– wenn Du soviel Mitleid hast,
daß Du mich tötest, dann warte!

An diesem Abend weht ein lauwarmer Wind, der etwas Regen mit sich bringt. In der Ferne quaken die Frösche.
Von Mitsuko eine Postkarte: Sie ist jetzt in Asahikawa bei einem Ausländer – hab den Namen vergessen. Der Bruder sitzt in der Hauptstadt zur Zeit der Kirschblüte, in einem alten gefütterten Kimono mit ausgefransten Ärmeln – und die Schwester ist im tiefsten Hokkaidō unter zwei Metern Schnee vergraben und singt christliche Kirchenlieder!
Morgens um 3; draußen fallen einzelne, dicke Regentropfen.

11th, Sunday
Um 8 Uhr aufgewacht. Alle Knospen haben sich geöffnet, alles blüht. An diesem Sonntag fallen die Kirschblüten noch nicht, der Himmel ist mild und klar, ein warmer Tag. Heute vergessen die zwei Millionen Einwohner von Tōkyō alles und geben sich dem Vergnügen der Blumenschau hin.
Irgendwie ist mir leicht und heiter ums Herz, mir ist, als ob die Kraft meiner Jugendtage meinen Körper erfüllte. Ich wundere mich, wohin die Gefühle der letzten Nacht gegangen sind.
Kindaichi war nervös wie ein Bräutigam und zog sich eilig an. Gegen neun Uhr gingen wir zusammen los.
In Tawaramachi stiegen wir aus der Straßenbahn und gingen durch den Asakusa-Park. Schon um diese Tageszeit waren viele Leute dort. Zum Scherz investierte ich einen Sen in ein Wahrsagelos: Es verkündete mir »Glück«. Das war mein erster Scherz. Dann bestieg ich an der Azuma-Brücke ein Dampfboot und fuhr bis zur großen Brücke in Senju den Sumidagawa flußaufwärts. Der lange Deich auf der rechten Flußseite, den ich zum erstenmal sah, war wie begraben in Wolken von Kirschblüten. Hinter Kanegafuchi wurde die Gegend etwas ländlicher. Die Berge von Tsubuka sind von Frühlingsdunst verhüllt. Soweit man sieht Frühlingslandschaft. Kurz vor Senju spannte sich eine rot angestrichene Eisenbrücke über den Fluß. Auf beiden Seiten das frische Grün der Weidenbäume. In Senju gingen wir an Land und bummelten eine Weile umher. Ich schlug meinen Kimonosaum hoch und schob meine Mütze nach hinten, was meinen Freund immer wieder zum Lachen brachte.
Wir stiegen dann wieder ins Boot und fuhren zurück bis Kanegafuchi. Von dort gingen wir zu Fuß auf dem Deich inmitten zahlloser Menschen Richtung Tōkyō. Es war als ob man durch einen Blumentunnel gehe. Ich hatte dabei immer noch meinen Kimono hochgeschürzt und die Mütze nach hinten geschoben. Ich verfolgte keine besondere Absicht damit, mir war nur danach zumute. Es machte mir Spaß zu

sehen, wie Kindaichi sich Sorgen über das Gerede der Leute machte. Zigtausende von Spaziergängern in Festtagskleidung strömten durch den Blumentunnel. Einige waren auch schon betrunken und machten allerlei Faxen. Wir zwei suchten uns eine Schönheit aus und hielten uns lange in ihrer Nähe. Die Blütenpracht hörte gar nicht auf: und auch der Menschenstrom nahm kein Ende.

An der Kototoi-Brücke stiegen wir wieder ins Boot und fuhren bis Asakusa. Dort aßen wir in einem Restaurant am Wege zu Mittag und trennten uns dann. Ich mußte zur Tanka-Gesellschaft bei Yosano.

Natürlich war dort nichts Besonderes los. Hiraide erzählte, daß es bei der Pan-Gesellschaft gestern abend hoch herging. Yoshii, der zu spät kam, sagte: Gestern abend hab ich im Suff von der Eitai-Brücke heruntergepißt und bin von einem Polizisten verwarnt worden. Auf jeden Fall scheinen alle betrunken gewesen zu sein und sich wild aufgeführt zu haben.

Wie immer wurden Themen ausgegeben, und alle machten Tanka. Zusammen dreizehn Leute. So gegen 9 war wohl die Auswahl zu Ende. Ich bin in letzter Zeit nicht in der Stimmung, ernsthaft Tanka zu machen, und hab wieder in meinem »schrägen« Stil gedichtet. Ein paar Beispiele:

> Ärgerlich: Mein Schnurrbart will nicht hochstehen – in letzter Zeit sehe ich widerwärtig aus.

> Der Blick des Mannes mit der roten Jacke, dem ich immer begegne – in der letzten Zeit beunruhigt er mich.

> Wenn ich die Schuhe mit dem quietschenden Leder trage, habe ich das unangenehme Gefühl, als ob ich einen Frosch zertrete.

Erst mal muß ich drei Jahre üben, mit weit offenem
Munde zu gähnen.

Aus dem Hause gehend, Felder, Berge, Meere
überquerend – ach, irgendwohin will ich gehen.

Schließlich ergriff ich ihre Hand, sie erschrak und lief
weg – die Frau kam nie wieder.

Haben deine Augen etwa eine Füllfedermechanik?
Ununterbrochen kommen Tränen raus.

Der Mann, dessen Hände zitterten und der hilflos
stotterte, wenn er eine Frau sah – jetzt ist er ganz
anders.

Auf dem Gras am Deich liegend, höre ich am Himmel
das Echo einer fernen Musikkapelle.

Akiko schlug vor, die Nacht hindurch Tanka zu machen, aber ich schützte irgendeine Verabredung vor und ging direkt heim. In Kindaichis Zimmer war Aomi zu Besuch. Ich ging auch dorthin, und wir haben eine Stunde lang unnützes Zeug geredet. Danach wieder zurück in dieses Zimmer.

Ich habe einen wertvollen Tag sinnlos zugebracht! Schlagartig kam das Gefühl der Reue in mir hoch. Wenn ich die Kirschblüten sehen wollte: wieso bin ich nicht alleine hingegangen und habe sie mir nach eigener Lust und Laune angesehen? Tanka-Gesellschaft! Was für eine alberne Veranstaltung!

Ich bin jemand, der die Einsamkeit genießt. Bin ein geborener Individualist. Die Zeit, die ich mit anderen Menschen zubringe – außer wenn ich mich mit ihnen streite – erscheint mir als leere Zeit: Es ist ganz natürlich, daß mir die Zeit, die

ich zu zweien oder zu dreien oder in einer noch größeren Gruppe verbringe, leer oder doch halbleer erscheint.
Früher habe ich mich über Besuch gefreut. Folglich bemühte ich mich, jemanden, der zum ersten Mal kam, so zu behandeln, daß er möglichst zufrieden war und später wiederkäme. Was für lächerliche Dinge hab ich getan! Heute freue ich mich nicht mehr so besonders, wenn jemand kommt. Freuen tu ich mich nur, wenn ich kein Geld habe und jemand kommt, der mir vielleicht welches leiht. Aber ich will möglichst nichts leihen. Wie schön wäre es, wenn ich so leben könnte, daß ich in keiner Beziehung von anderen bemitleidet würde oder von anderen geholfen bekäme! (Das ist nicht unbedingt nur eine Frage des Geldes.) Dann könnte ich mein Leben führen, ohne mit irgend jemandem zu sprechen.
»Ich habe den Tag sinnlos zugebracht.« – Aber was weiter? Ich habe Angst, daran zu denken. Auf meinem Tisch herrscht großes Durcheinander. Kein Buch, das ich lesen müßte. Was ich als nächstes zu tun habe, ist: einen Brief schreiben an meine Mutter und die anderen. Mir erscheint auch das als etwas Bedrohliches. Ich möchte ihnen auf jeden Fall etwas schreiben, worüber sie sich freuen, ich möchte sie trösten. Sie tun mir leid. Ich habe meine Mutter und meine Frau nicht vergessen. Nein, ich denke jeden Tag an sie. Und ich habe ihnen in diesem Jahr erst einen Brief und eine Postkarte geschrieben. Das stand auch in dem Brief von Setsuko vor kurzem. Setsuko arbeitet immer noch an der Schule, obgleich sie eigentlich im März dort aufhören wollte. Sie schreibt, daß sie diesen Monat (der erst gerade angefangen hat) für Kyōkos kleine Ausgaben nur 20 Sen hat. Ich hab mir deshalb bei der Firma etwas mehr auf den nächsten Lohn geliehen. Hatte die Absicht, ihnen wenigstens 15 Yen zu schicken. Aber ich hatte einfach keine Lust, den Brief zu schreiben, so verging ein Tag, zwei Tage ...!
Ich schlief sofort ein.

Heute kam ein Mann namens Arai aus der Präfektur Gunma. Er will eine Zeitschrift »Gefallene Kastanien« herausbringen.

12th, Monday

Auch heute den ganzen Tag blauer Himmel. Im windstillen Wetter fallen die Blüten noch nicht und genießen ihr dreitägiges Leben. An dem Kirschbaum unter meinem Fenster schieben sich blaßgrüne Knospen über die Blüten. Die Blätter der wilden Magnolie sind schon ziemlich groß.

Wenn man die Gasse vor dem Haus hinabgeht und nach Tamachi herauskommt, ist linker Hand ein Geta-Laden. Als ich heute daran vorbeiging, drang unerwartet eine fröhliche, lebhafte Stimme, wie aus einer heimatlichen Erinnerung heraus, an mein Ohr. Vor meinen Augen tauchte eine weite grasbestandene Ebene auf. – In dem an der Dachtraufe des Geta-Ladens hängenden Käfig sang eine Lerche. Für eine oder zwei Minuten erinnerte ich mich beim Gehen an das Oide-Feld in meiner Heimat und an meinen toten Vetter, der mich häufig auf der Jagd dorthin mitnahm.

Ich denke: Es ist Zeit, daß ich mich von den alten (ja: alten!) Gefährten löse und mein ganz eigenes Haus begründe. Unter dem, was man Freunde nennt, gibt es zwei Sorten: Mit den einen verkehrt man, weil beide Seiten etwas in sich spüren, das nacheinander verlangt. Bei der anderen Sorte ist man sich aufgrund gemeinsamen Geschmacks, gemeinsamer Meinungen oder materieller Interessen näher gekommen. Bei den Freunden des ersten Typs leidet die Freundschaft keineswegs darunter, wenn sich der Geschmack oder die Meinungen oder die Interessen unterscheiden oder auch, wenn die gesellschaftliche Position oder der Beruf verschieden sind (solange die beiden nicht ernsthaft darüber streiten müssen). Und die Freundschaft hält verhältnismäßig lange.

Bei dem zweiten Typ von Freunden ist es aber ziemlich anders. Natürlich kommt es auch vor, daß eine Freundschaft,

die unter den Bedingungen dieses Typs entstanden ist, zwischendurch in eine Beziehung des Typs I übergeht und lange anhält. Aber in den meisten Fällen sind die Freundschaften dieses Typs eine Art Austauschbeziehung, Geschäftsbeziehung. Es ist nicht eine direkte Beziehung zwischen A und B, sondern eine Beziehung zwischen dem Besitz (oder dem Recht) von A – ob dies nun der Geschmack oder eine Meinung oder ein materielles Interesse ist – und demjenigen von B. Zwischen Geschäften oder Banken gehen die Beziehungen weiter, solange sich in der beiderseitigen geschäftlichen Situation nichts ändert. Sobald sich bei einer der beiden Seiten eine Änderung ergibt, wird die Geschäftsbeziehung notwendigerweise abgebrochen. Das ist ein ganz selbstverständlicher Vorgang.
Handelt es sich um eine Beziehung des ersten Typs, so ist es sicherlich ein Unglück, den Freund zu verlieren. Aber falls es sich um eine Beziehung des zweiten Typs gehandelt hat, kann man eine Trennung zwar nicht unbedingt als Glück bezeichnen, aber sie ist auch kein Unglück. Wird die Trennung passiv erlebt, dann sagt man, der Betreffende sei beleidigt worden. Wenn sie aktiv gewollt war, dann hat der Betreffende »gewonnen«. Was ich oben »alte Gefährten« genannt habe, das sind die Freunde, die in der Vergangenheit meine neuesten Freunde waren. Yosano ist für mich natürlich weder Bruder noch Vater: Er hat mir nur geholfen. Die Beziehung zwischen jemandem, der einem anderen geholfen hat, und dem, dem geholfen wurde, dauert nur so lange an, wie der Helfende eine höhere Position hat, oder wie beide voneinander unabhängige Wege gehen, oder wenn der Helfer gegenüber dem, dem er geholfen hat, auf eine niedrigere Position herabsinkt. Wenn sie denselben Weg gehen und es ein Konkurrenzverhältnis zwischen den beiden gibt, dann endet die Beziehung. Ich empfinde gegenüber Yosano heute keine besondere Hochachtung: Auch wenn wir beide mit der Literatur beschäftigt sind, ist mir doch, als ob wir verschiedene Wege gingen. Ich hege weder die Hoffnung,

die Beziehung zu Yosano enger zu knüpfen, noch empfinde ich die Notwendigkeit, mich von ihm zu trennen. Ich habe sogar die Absicht, bei Gelegenheit mich ihm dankbar zu erweisen. Mit Akiko ist es anders. Akiko betrachte ich manchmal wie eine Schwester ... Meine Beziehungen zu den beiden sind verschieden.

Bei den meisten anderen Freunden, die ich durch die »Gesellschaft für neue Dichtung« gewonnen habe, verhält es sich ziemlich anders. Mit Hirano habe ich mich schon gestritten. Yoshii ist ein epigonenhafter zügelloser Phantast und Bluffer – der bemitleidenswerteste aller Epigonen. Wenn das, was diese Leute Literatur nennen, und das, was ich mache, das gleiche wäre, dann würde ich jederzeit, ohne zu zögern, aufhören zu schreiben. Die übrigen sind gar nicht der Rede wert –

Aber das alles hat keinen Sinn. Es bringt nichts, darüber nachzudenken. Ich werde einfach das tun, was ich tun will, dahin gehen, wohin mich zu gehen verlangt ... und in allem meinen Bedürfnissen folgen – das genügt.

Genau! Ich werde tun, was ich will! *That is all! All of all!*

Werde nicht von den Menschen geliebt! Empfange keine Wohltaten! Versprich nichts! Tu nichts, wofür du andere um Erlaubnis bitten mußt! Rede auf keinen Fall zu anderen über dich selbst! Trage immer eine Maske! Sei bereit, jederzeit zu kämpfen! – jederzeit dem anderen auf den Kopf zu schlagen! Wenn du mit jemandem Freundschaft schließt: vergiß nicht, daß du irgendwann bestimmt mit ihm brechen wirst!

13th, Tuesday

Morgens, als ich einen Moment lang wach lag, hörte ich die Hausmädchen überall die Fensterläden zurückschieben. Das war alles. Und ich schlief wieder ein. Bis nahe 11 Uhr genoß ich den angenehmen Frühlingsschlaf. Ein milder, dunstiger Tag: Heute werden die Kirschblüten in der ganzen Stadt zu fallen beginnen. Otsune hat die Fenster sauber gemacht.

Von meiner alten Mutter ein trauriger Brief:

Der brief vor kurzem an herrn Miyazaki hat mich so gefreut ich warte die ganze zeit ungeduldig auf das wiedersehn und jetzt ist es schon april. Bisher hab ich mich mehr schlecht als recht um die kleine gekümmert und den haushalt gemacht aber Kyōko wird jeden tag größer und ich schaffs einfach nicht mehr. Kannst du uns nicht zu dir holen? Bitte gib uns bescheid. Der sturm vor kurzem am 6. und 7. war so stark der regen ist durch die decke gekommen und man konnte nicht sitzen. Ich mußte Kyōko auf den rücken nehmen und die ganze zeit stehen es ist ein jämmerlicher zustand. Seit dem 2. april ist Kyōko erkältet und es ist immer noch nicht besser. Setsuko ist von morgens 8 bis 5 oder 6 nicht zu hause. Die kleine weint nach der Mama und ich weiß nicht was ich tun soll. Außerdem hab ich jetzt kein taschengeld. Bitte schick etwas auch wenns nur 1 Yen ist. Wann kannst du uns zu dir rufen? Bitte gib uns bescheid. Wenn wir keine antwort bekommen packen wir hier zusammen und kommen alle deshalb bereite schon mal alles vor. Denn in Hakodate können wir nicht bleiben. Nur dies in kürze. Alles gute.

den 9. April Katsu

Ein Brief meiner Mutter, in zittrigen Schriftzügen, ohne chinesische Zeichen und voller orthographischer Fehler! Außer mir kann das wohl niemand lesen! In der Elementarschule in Senboku-chō, Morioka, soll sie die beste Schülerin gewesen sein. Aber in den 40 Jahren, nachdem sie Vater heiratete, hat sie wahrscheinlich keinen einzigen Brief geschrieben. Im vorletzten Sommer habe ich von ihr das erste Mal einen Brief bekommen. Ich war damals in Hakodate und hatte sie allein im Heimatdorf zurückgelassen. Meine alte Mutter hatte es in dem widerwärtigen Shibutami nicht mehr ausgehalten und die längst vergessenen Buchstaben wieder in ihr Gedächtnis zurückgerufen, um mir einen traurigen Brief zu schreiben! Danach habe ich Anfang letzten Jahres in Kushiro einen Brief von ihr bekommen. Der heutige Brief

ist der fünfte, seit ich in Tōkyō bin. Verglichen mit den ersten Briefen, haben die Fehler abgenommen, und die Schrift ist auch besser geworden. Aber das gerade macht mich traurig! Die Briefe meiner Mutter!
Heute war für mich keineswegs ein glücklicher Tag. Beim Aufstehen fühlte ich mich nach dem verschlafenen Morgen irgendwie schlaff, war danach aber zunächst in guter Stimmung, das Blut pulsierte frisch und schnell durch meinen Körper. Das dauerte jedoch nicht lange. Von dem Moment an, da ich den Brief meiner Mutter las, war die Heiterkeit verflogen. Alles mögliche ging mir durch den Kopf. Ich empfand so etwas wie den Druck des Frühlings, und meine Gedanken selbst waren so schwerfällig. »Ich kann ja sowieso nicht dieser schweren Verantwortung nachkommen ... Ich will lieber frühzeitig verzweifeln.« – Das war, was mir in den Kopf kam.
Ja! Ich will einen Roman für die Zeitung schreiben! So etwa 30 Fortsetzungen. Das bringt vielleicht doch bald Geld!
Ich kann mich nicht konzentrieren. Ich habe nur noch eine Straßenbahnfahrkarte. Schließlich beschloß ich, heute nicht zur Arbeit zu gehen.
Der Leihbuchhändler kam vorbei. Ich hatte keine sechs Sen, um meine Schulden zu bezahlen. Habe ein Buch »Der Luftkrieg« ausgeliehen.

Der Grundstein der neuen Stadt

Und schließlich kommt der Weltkrieg!
Phönixartige Luftfregatten bevölkern den Himmel
unter ihnen werden alle Städte zerstört!
Der Krieg wird lange dauern!
Die Hälfte der Menschen wird zu Staub und Asche!
Aber danach, ach, danach: wo sollen wir
unsere »Neue Stadt« errichten?
Auf den Trümmern der Geschichte?
Auf Denken und Liebe? Nein, nein!

Auf der Erde, ja, auf der Erde: in einer Luft
ohne alle Regeln – ohne die Regel »Ehe« –
und ohne alle Unterscheidungen!
Unter dem grenzenlosen, blauen, blauen Himmel!

14th, Wednesday
Blauer Himmel. An Satō Krankmeldung geschickt: Werde heute und morgen nicht zur Arbeit gehen. Gestern abend hat mir Kindaichi die 2 Yen von neulich zurückgegeben. So konnte ich mir heute Zigaretten leisten. Und ich habe zu schreiben begonnen: Der Titel ist »Der Riesenvogel«, später in »Das Holzpferd« umgeändert.
Die Lust zu schreiben und das sexuelle Bedürfnis liegen ziemlich nahe beieinander, scheint mir. Als der Leihbuchhändler mir heute bestimmte seltsame Bücher zeigte, bekam ich irgendwie Lust, sie zu lesen, und habe zwei ausgeliehen. Das eine war »Blumen unter wolkenverhülltem Mond«, das andere »Das ABC der Gefühle«. Den »Wolkenverhüllten Mond« habe ich in lateinischer Schrift in ein Heft abgeschrieben. Damit etwa drei Stunden zugebracht.
Abends waren Nakajima und der »kleine Dichter« – Uchiyama Shun, von dem ich bereits gehört hatte – bei Kindaichi zu Besuch. Bin auch hingegangen. Uchiyama hat eine Nase, die gibt's gar nicht! Als ob ihm eine unförmige Kartoffel mitten im Gesicht säße, deren Ende flach abgeschnitten ist. Er redet viel, redet ohne Unterlaß. Wie ein Clown mit Schnurrbart. Außerdem ist er klein. Unter den endlos vielen Leuten, die ich bisher gesehen habe, war noch nie so eine jämmerliche Figur. Ein wahrhaft jämmerlicher, dabei drolliger, unschuldiger Mann – wobei diese Jämmerlichkeit schon solche Ausmaße angenommen hat, daß man am liebsten nach Herzenslust draufhauen möchte. Alles, was er im Ernst sagt, klingt komisch. Und wenn er Scherze macht und dabei mit seiner formlosen Nase den Rotz hochzieht, meint man, er weine. Ein Dichter! Was dieser Mann kann, ist: bei einem Volksfest in irgendeiner Ecke die kleinen Kinder um sich

sammeln, weinerliche Lieder singen und komische Tänze aufführen. – Das paßte zu ihm!
Es fing an zu regnen. Es war schon nahe 10 Uhr. Nakajima ist Sozialist, aber ein aristokratischer Sozialist: Er fuhr mit der Rikscha heim. Und Uchiyama – der Dichter ist der echte Sozialist . . . Er lieh sich einen Regenschirm und ging zu Fuß nach Hause. Wenn man ihn so gehen sah: wahrhaftig die vollkommene Gestalt des Dichters.
Ich fühlte mich irgendwie unbefriedigt – und Kindaichi ging es ebenso. Wir verstreuten die Kirschblüten aus der Blumenvase in der Zimmernische über den ganzen Raum (das Bett war bereits auf dem Boden ausgebreitet) und lärmten dabei wie Kinder.
Ich zog Kindaichi die Bettdecke über den Kopf und haute blind darauf. Und dann lief ich in mein Zimmer zurück und hatte gleich darauf das Gefühl: Das da eben war auch eine Art Zerstörung der Gegenwart!
Schrieb drei Seiten von »Das Holzpferd«. Sehnsucht nach Setsuko – nicht wegen des traurigen Regengeräusches: sondern weil ich »Blumen unter wolkenverhangenem Mond« gelesen hatte!
Nakajima Kotō hat mir versprochen, einen Abnehmer für mein Manuskript zu finden.

15th, Thursday
Nein! Brauche ich Setsuko etwa nur wegen des Sex? Nein, nein! Die Liebe ist erkaltet. Das stimmt: Das ist selbstverständlich – eine traurige, aber unabänderliche Tatsache!
Aber die Liebe ist nicht das ganze Menschenleben: Sie ist nur ein Teil, nur ein ganz kleiner Teil. Die Liebe ist Spiel. So etwas wie das Lied. Jeder möchte manchmal singen. Und er ist glücklich, während er singt. Aber der Mensch kann nicht das ganze Leben über singen. Wenn er immer dasselbe Lied singt, wird ihm auch das fröhlichste Lied zuwider. Und es gibt auch Momente, da er nicht singen kann, auch wenn er noch so gerne singen möchte.

Die Liebe ist erkaltet: Ich singe nicht mehr das fröhliche Lied. Aber das Lied an sich ist schön. Es wird immer schön sein.
Ich habe keine Lust mehr, immer nur dieses Lied zu singen: aber ich bin dieses Liedes nicht überdrüssig. Setsuko ist wirklich eine gute Frau. Wo auf der Welt gibt es noch so eine gute, liebe und tüchtige Frau? Ich kann mir einfach nicht vorstellen, mit einer besseren Frau als Setsuko verheiratet zu sein. Ich habe manchmal Sehnsucht nach anderen Frauen gehabt: Ich habe den Wunsch verspürt, mit anderen Frauen zu schlafen. Tatsächlich habe ich diesen Wunsch verspürt, während ich mit Setsuko schlief. Und ich habe mit anderen Frauen geschlafen. Aber was hat das mit Setsuko zu tun? Ich war nicht unzufrieden mit Setsuko: Die Begierden des Menschen sind nur nicht so einfach.
Ich liebe Setsuko, heute genauso wie früher. Nicht daß ich nur Setsuko geliebt hätte, aber ich habe Setsuko doch am meisten geliebt. Auch jetzt – besonders in der letzten Zeit – denke ich häufig intensiv an Setsuko.
Ob es eine Ehefrau gibt, die in einer ähnlich bedauernswerten Situation wie Setsuko lebt?
Die heutige Institution der Ehe – alle gesellschaftlichen Institutionen sind voller Fehler. Wieso muß ich mich von Eltern und Frau und Kind fesseln lassen? Wieso müssen Eltern und Frau und Kind unter mir leiden? Aber das hat natürlich nichts zu tun mit der Tatsache, daß ich meine Eltern und Setsuko und Kyōko liebe.

Ein wirklich unangenehmer Morgen. Es war schon nach 10, als ich aufstand: Abschied vom Frühlingsschlaf, der mir so teuer ist wie die Liebe. Regen – ein starker Regen schlug gegen das Fenster. Die Luft ist feuchtwarm. War auf dem Klo und kam erstaunt zurück: Die Bäume, die bis gestern kahl waren, haben alle blaßgrüne Knospen getrieben. Das kleine Wäldchen in Nishikata-machi hat das Blütenkleid, das es bis gestern einhüllte, abgeworfen und ein hauchdünnes Gewand aus jungen Blättern übergezogen.

Im Frühlingsregen einer einzigen Nacht ist die Welt grün geworden!
Am Morgen wieder Mahnung von der Pension.
Wie lange noch muß ich dies Leben führen? Dieser Gedanke schwächte sofort meinen Willen. Hatte keine Lust, irgend etwas zu tun. Nach einiger Zeit hörte es auf zu regnen. Ich will irgendwo hingehen – mit dem Gedanken verließ ich das Haus. Trug den Havelock, den mir Kindaichi überlassen hat, damit ich ihn im Notfall als Pfand gebrauchen sollte, ins Leihhaus Matsuzakaya und lieh darauf 2 Yen 50 Sen. 50 Sen zahlte ich als Zinsen für etwas anderes, das ich schon als Pfand versetzt hatte. Dann überlegte ich, wohin ich gehen sollte. Ich wollte aus der Stadt heraus, aber wohin? Sollte ich wie vor einiger Zeit mit Kindaichi, als wir zur Blütenschau gingen, von der Azuma-Brücke mit dem Dampfer zur großen Brücke in Senju fahren und dort in der ländlichen Umgebung, diesmal aber alleine, spazieren gehen? Oder sollte ich heimlich in irgendein leerstehendes Haus eindringen und dort bis zum Abend schlafen? Auf jeden Fall war mir in dem Moment ein Ort mit vielen Menschen zuwider. Um darüber nachzudenken, machte ich eine Runde durch den Hongōkan und die Markthallen, dann stieg ich in die Straßenbahn und fuhr nach Ueno.
Das menschenleere Ueno nach dem Regen! Das war, was mich dahin zog. Alle Kirschbäume hatten die Blüten abgeworfen. Nur die Kelchblätter waren übrig: eine schmutzige Farbe. Das Grün der Ahornbäume! Unansehnlich wie ein verweintes Gesicht. Aber irgendwo auf dem Grunde dieser Häßlichkeit kündigte sich bereits die erregende Kraft des Sommers an. Hinter einem kleinen Tempel am Wege saß eine etwa vierzig Jahre alte leprakranke Frau. Ein Polizist kontrollierte ihre Papiere. Ich will irgendwohin verreisen! – mit dem Gedanken im Kopf lief ich umher. Ein schriller Ton drang an mein Ohr. Es war die Signalpfeife eines Zuges im Bahnhof von Ueno.
Ich dachte: Ich möchte mit dem Zug fahren! Wohin wußte

ich nicht, aber Zug fahren, irgendwohin, wo ich noch nie war! Zum Glück hatte ich 3 Yen in der Tasche. Ach! Ich möchte mit dem Zug fahren! Während mir beim Gehen dieser Gedanke durch den Kopf ging, begann in einzelnen Tropfen der Regen zu fallen.

Ehe es richtig zu regnen anfing, klarte es wieder auf. Um die Zeit schlenderte ich bereits durch die Kaufhalle am Hirokōji. Und ich ging (während ich zu mir sagte: »Du Idiot!«) in das teure westliche Restaurant in der Kaufhalle und aß zu Abend.

Ich kaufte Schreibpapier, ein Heft, Tinte und anderes und ging nach Hause. Als ich zu Hause ankam, war auch Kindaichi heimgekommen. Wir gingen zusammen ins Bad.

»Das Holzpferd«!

Zusammenhanglos in mir auftauchende Gefühle und Erinnerungen

Als ich an der Haltestelle Sukiyabashi aus der Straßenbahn stieg, hatte ich noch eine halbe Stunde bis zum Arbeitsbeginn. Auf einmal bekam ich Lust, durch die stillen rückwärtigen Gassen der Ginza zu gehen.

Über mir der wolkenlose blaue Himmel. Ein Tag, da die Wärme des Herbstes bis in die kleinsten Ecken drang: Mir war, als ob meine Stirn weit werde. Es war windstill. Von den Akazien und Weiden zu beiden Seiten der Straßen fielen die trockenen Blätter einzeln herab, wie an ihr Ziel, den Tod, gelangt.

Alleebäume! Ich liebe Alleebäume.

In dem Moment sah ich unter den Bäumen einen älteren Herrn in einem teuren, dunkelbraunen Mantel, seinen kräftigen Spazierstock geräuschvoll auf das Pflaster setzend, gemessen auf und ab gehen. Es hatte den Anschein, als warte er auf jemanden, oder auch als habe er nichts Besonderes vor. Er war nicht groß, aber schlank und von aufrechter Haltung; – es fehlte jene bei heutigen wohlhabenden Japanern oft anzutreffende Mickerigkeit oder Schlampigkeit, die unangenehme Haltung dessen, der sich entweder nur mühsam am Leben hält oder versucht, anderen Leuten zu imponieren. Sein Schritt war frei, die braunen Schuhe an seinen Füßen schienen leicht.

Als ich an ihm vorbeiging, traf der Duft einer teuren Zigarre mein Gesicht.

Unwillkürlich kam ein Lächeln auf meine Lippen. »Glück!« sagte ich zu mir selbst. In dem Gesicht des alten Herrn lag der weiche Ausdruck der Zufriedenheit eines Menschen, der angemessen gearbeitet hat. Der über den Mund mit der Zigarre herabhängende Schnurrbart hatte mehr graue als schwarze Haare.

Wir sind bisher nahezu täglich Ereignissen oder Dingen begegnet, die auf das »zukünftige Japan« hinweisen. All dies wurde bzw. wird meist von jungen Leuten vollbracht, oder aber von Menschen, die im Strom der von Tag zu Tag dahinfließenden Zeit treiben und dabei vergessen, daß sie alt werden. Dort ist Hoffnung und gleichzeitig Schmerz und Angst. Ich, der ich bereits in meiner Jugend die Mühen des Alltagslebens kennengelernt habe, vermag diese Dinge nicht mehr mit jenem Gefühl zu erwarten, mit dem man am Ende des Winters den Frühling erwartet. Damit Japan seinen heutigen Reichtum – den materiellen wie den ideellen – erreichen konnte, war ein Übermaß an Anstrengung nötig. Wenn ich daran denke, bis wann noch weiter dieser heftige Kampf gekämpft werden muß, dann habe ich ein Gefühl, wie wenn ich zu Anfang des Sommers, an einem Tag, da man zum erstenmal deutlich die Wärme spürt, mir die sengende Hitze des Hochsommers in einem engen, stickigen Zimmer vorstelle.

Ich habe bisher viele alte Männer gesehen. Aber das waren größtenteils Männer, die unter dem Übermaß der Anstrengung für das »zukünftige Japan« gealtert waren. Wenn man den heutigen alten Männern Japans westliche Kleidung anzöge, so sähen wahrscheinlich neunzig Prozent wie ihre eigenen Karikaturen aus.

Ich dachte: »Unsere zukünftige Befriedigung!«

Und ich sah mich immer wieder nach dem alten Herrn um.

Ich blickte umher, ob nicht irgendwo eine Droschke auf ihn warte, aber ich konnte nichts derartiges ausmachen. Wenn in diesem Moment von irgendwoher eine lebhaft blickende junge Frau gekommen wäre, sich bei diesem Herrn eingehakt hätte und mit ihm die Allee entlanggegangen wäre – ich weiß nicht, wie ich mich gefreut hätte.

*

Ich sprach einmal mit einem älteren Arzt, und das Gespräch kam irgendwie auf die Syphilis. Er erzählte, daß diejenigen, die sich die Syphilis zugezogen haben, während der ersten Krankheitsphase, auch wenn sie erkennen, daß ihr Körper deutlich die Symptome der Syphilis aufweist, ja sogar während sie die entsprechende Medizin einnehmen, trotzdem sich nicht klar zu machen vermögen: »Ich habe die Syphilis.« Und sie verhalten sich sogar so, daß sich die Krankheit zusehends verschlimmert, erzählte der Arzt.

Ich fand das interessant. Ganz genauso verhalten wir uns häufig: Wir bemerken zwar, daß unser Leben ein Doppelleben ist, aber denken nicht an das Wichtigste: daß wir dieses Doppelleben zur Einheit bringen müssen. Und wir versinken immer tiefer, bis zur völligen Erschöpfung, in das Doppel- und Dreifachleben.

*

Der eine sagt: »Das Vordach meines Hauses hängt zu tief. Drinnen ist es zu dunkel. Reißen wir's ab!« Darauf zwei oder drei andere: »Stimmt! Bei mir ist das Vordach schon längst kaputt. Und das Dach ist zum größten Teil zusammengebrochen. Es ist wirklich angenehm hell im Haus!«

Die Leute denken »Stimmt!« und rennen nach Hause, um die Vordächer herabzureißen (bisher sind sie nie auf die Idee gekommen, daß es im Haus zu dunkel sei), ja, sie beginnen in größter Eile auch das Dach über den Wohnräumen zu zerstören. »Heller! noch heller!« Schließlich zerschlagen sie die Türen, reißen die Wände ein, sägen die Stützpfeiler um. Es ist wie ein Wettlauf. Viele wiederum richten es so ein, daß sie die Türen, Wände und Dächer nur tagsüber wegräumen – da man sonst nachts mit dem Schlafen in Schwierigkeiten kommt.

So treten hier und dort überall Leute auf, die den Bankrott aller moralischen Vorstellungen verkünden. Diese Bankrotteure gehen von Anfang an mit erhobenem Haupt und selbstzufriedenen Gesichtern umher.

Der Wind bläst, Regen fällt, der kalte Winter kommt.
Es stellt sich als Fehler heraus, daß man die Moral als ein Gefängnis angesehen hat, in das man mit Gewalt hineingepreßt worden sei. Sie war das »Haus«, in dem man gemeinsam dem Regen, dem Wind, der Winterkälte trotzte, in dem man ruhig schlafen konnte.
Moral ist Egoismus, sagen die Leute. Na und?
Wir müssen uns ein neues »Haus des Egoismus« bauen.

*

Wenn das Problem größer ist, oder wenn es für uns unvorteilhaft ist, uns dem Problem ernsthaft zu stellen, dann fabrizieren wir ständig irgendwelche mühsamen Lösungen und betrügen so unser eigenes ehrliches Selbst oder versuchen ihm auszuweichen. Vielleicht ist das unvermeidlich. Aber wenn man erst einmal die Forderung nach »radikaler Selbstverwirklichung« oder »Einheit des Lebens« verspürt hat, dann ist dies selbstverständlich eine schändliche Feigheit.
Wenn ich auf mich selbst, so wie ich bis gestern war, zurückblicke und die geistige Entwicklung Japans betrachte, wie sie den Zeitungen, Zeitschriften und Büchern zu entnehmen ist, dann ist mir, als müßte ich diesen einen Punkt tausendfach, zehntausendfach betonen.
Als Hasegawa Tenkei einmal vom Standpunkt des Naturalismus aus das Problem »Staat« behandelte, versuchte er einen auf den ersten Blick leichthändigen, tatsächlich aber mühsamen Schwindel (glaube ich jedenfalls). Falls, wie er sagt, die Naturalisten in keiner Weise die Existenz des Staates berühren, da sie keinerlei Ideal und keinerlei Lösung anstreben und das, was ist, so wie es ist, sehen, dann wird der mutige Kampf, den sie gegen die sogenannte alte Moral gekämpft haben, schließlich aus eben dem Grunde zu einem vergeblichen Kampf. Wenn man bei der Betrachtung der bisherigen und der jetzigen Welt den Charakter und die Entwicklung der Moral losgelöst von der Organisation namens

Staat denkt, so ist das ein klarer Irrtum – oder besser: eine für die Japaner überaus charakteristische Feigheit.
Von jenem Zeitpunkt an scheinen mir die Äußerungen von Hasegawa immer an einer bestimmten Stelle stehen zu bleiben. Alles, was er sagt, was er doziert, scheint mir das bis dahin Gesagte zu wiederholen oder zu ergänzen.
Tayama hat einmal irgendwo so etwas gesagt wie: »Ich will über den Naturalismus ausschließlich als literarisches Problem nachdenken.« Das ist eine zutreffende Darstellung von Tayamas Standpunkt. Aber andererseits ist dort eine Haltung verborgen, die *etwas Bestimmtem* ausweicht.
Die Stärke von Tayama (das, was ihn auszeichnet) ist, daß er das Selbstbewußtsein besitzt, radikal, ohne zu zögern, ohne zu zweifeln, direkt und mutig zu sagen: Ich bin ein Literat. Und wenn ich seine Werke lese, habe ich – neben meinen Empfindungen gegenüber dem betreffenden Werk – immer auch ein bestimmtes Gefühl der Unzufriedenheit mit dem Autor selbst. Wenn ich dieses Gefühl der Unzufriedenheit mit einem Wort ausdrücken soll: Ich bin unzufrieden darüber, daß Tayama durch und durch Literat ist.

(. . . . .)

Wenn ich hier diese beiden Herren als Feiglinge bezeichnet habe, so nicht um meiner eigenen kleinen Befriedigung willen. Mir bereitet in letzter Zeit bei immer neuen Anlässen die Haltung des Modernen Menschen (welche jener der Syphilispatienten im ersten Krankheitsstadium gleicht) Schmerzen – vor allem der unglückliche Charakter von uns Japanern.
Ah, mir ist es heiß um den Kopf geworden! Wie kann ich den Menschen nur meinen Widerwillen gegenüber dem »Doppelleben« verständlich machen?

*

Staat! Staat!
Ist das Problem Staat (nicht nur das Problem Staat) wirklich ein so leichtes Problem wie einige Leute heute meinen?
Bis gestern dachte ich genauso wie diese Leute.
Heute bedeutet für mich, über den Staat nachzudenken, gleichzeitig: darüber nachdenken, ob ich in Japan bleiben soll oder nicht.
Alle Menschen müssen radikaler nachdenken. Diejenigen, die dem heutigen Staat Gehorsam leisten, müssen radikaler über die Gründe für diesen Gehorsam nachdenken. Und auch diejenigen, die mit dem bisherigen Staatskonzept unzufrieden sind, müssen radikaler über die Gründe für diese Unzufriedenheit nachdenken.

(25. November 1909)

Steh nicht auf

Trostloser noch
als das staubige Fensterglas
das sich in der Mittagssonne
erhitzt hat
trostloser noch
ist dies farblose Leben
bis zur Bewußtlosigkeit
ermüdet vom Nachdenken
schwitzend, schnarchend
zum Mittagsschlaf ausgestreckt daliegend
ein junger Mann
in seinem Munde gelbe Zähne
Durch das Fenster scheint
die Sommersonne auf seine haarigen Beine
über die eine Wanze kriecht

Wach nicht auf, wach nicht auf
bis der Tag dunkelt
bis eine kühle, stille Abenddämmerung
in dein Leben kommt

Von irgendwoher
das verführerische Lachen einer Frau

Veröffentlicht: 13. Dezember 1909

Abenddämmerung im Frühling

– in banger Erwartung der Dinge, die da kommen –

In einem fernen Land ist Krieg . . .
auf dem Meer ein Schiff in Seenot –
die Passagiere veranstalten ein Trinkgelage . . .

Im Leihhaus steht eine bleiche Frau
mit dem Rücken zum Licht putzt sie sich die Nase
Ich trete auf die Straße: an der Ecke zur Nebengasse
klopft eine kleine Frau ihrem Geliebten auf den Rücken –
im Hausschatten holt sie die Geldbörse hervor

Abenddämmerung im Frühling –
in banger Erwartung der Dinge, die da kommen
Die Luft liegt schwer und stickig auf den Straßen: Unruhe
Ein Tag geht zu Ende, an dem ich nichts geschafft habe
Ich bin müde und weiß nicht warum

In einem fernen Land sterben viele Menschen . . .
Und wieder die Rufe der Demonstrantinnen
die das Regierungsgebäude bedrängen –
Auf dem Meer eine Epidemie unter den Albatrossen . . .

Ah, da fällt im Hause des Zimmermannes
die Petroleumlampe um
Die Frau des Zimmermanns springt auf

Veröffentlicht: 16. Dezember 1909

Die Faust

Von einem Freund
der reicher ist als ich
bemitleidet
oder
von einem Freund
der stärker ist als ich
verspottet
hob ich
von Zorn gepackt
die Faust
und bemerkte
daß ein anderes Ich
nicht zornig sondern
brav wie jemand
der etwas verbrochen hat
in einer Ecke meines zornigen Ich
hockt und mit den Augen blinzelt –
Hilflosigkeit

Ach, diese Hilflosigkeit

Wohin mit der Faust?
Wen willst du schlagen?
den Freund?
dich selbst?
oder den unschuldigen Pfosten neben dir?

Veröffentlicht: 20. Dezember 1909

Siebenundzwanzig Tanka
1910

zum Bahnhof gehend
um
im Menschengewimmel
den lang entbehrten
Dialekt der Heimat
zu hören

furusato no namari natsukashi / teishaba no hitogomi no naka ni / so o kiki ni yuku

*

Druck: 28. März 1910; später in »Eine Handvoll Sand«. Das Gedicht bezieht sich auf den Bahnhof im Stadtteil Ueno, wo die Züge aus dem Norden, d.h. aus Takubokus Heimat, ankommen.

immer noch
diese Augen
mit den schwarzen Pupillen
als wollten sie
nur alle Helligkeit der Welt
aufsaugen

yononaka no akarusa nomi o suu gotoki / kuroki hitomi / ima mo me ni ari

*

Druck: 8. Mai 1910; später in »Eine Handvoll Sand«. Das Gedicht ist eines von zweiundzwanzig Tanka, die der Erinnerung an Tachibana Chieko gewidmet sind. Sie war Lehrerin an der gleichen Schule in Hakodate, an der auch Takuboku für kurze Zeit im Jahre 1907 als Aushilfslehrer arbeitete.

in einer Ecke
der überfüllten Straßenbahn
ich
kläglich zusammengekauert
Abend für Abend

komiaeru densha no sumi ni / chijikomaru / yūbe yūbe no ware no itoshisa

*

Druck: Mai 1910 in »Sōsaku«; danach in »Eine Handvoll Sand«.

nachts
im menschenleeren Büro
klingelt laut
das Telephon
und verstummt wieder

hitoke naki yo no jimushitsu ni / ketatamashiku / denwa no rin narite yamitari

*

Druck: 13. Juli 1910; danach in »Eine Handvoll Sand«.

wieso eigentlich
sitz ich hier
manchmal
erschreckend
betrachte ich mein Zimmer

nani sureba / koko ni ware ari ya / toki ni kaku uchiodorokite heya o nagamuru

*

Manuskript: Nachts, 26. Juli 1910; Druck: 4. August 1910; danach in »Eine Handvoll Sand«.

jemand spuckt
in der Straßenbahn
auf den Boden
selbst das
tat mir
beinah weh

hito arite densha no naka ni tsuba o haku / sore ni mo / kokoro itamamu to shiki

*

Manuskript: Nachts, 26. Juli 1910, Druck: 28. Juli 1910, danach in »Eine Handvoll Sand«.

ich arbeite
und arbeite
und immer noch
geht's mir nicht besser –
meine Hände
betrachtend

hatarakedo / hatarakedo nao kurashi raku ni narazari / jitto te o miru

*

Manuskript: Nachts, 26. Juli 1910; Druck 28. August 1910; danach in »Eine Handvoll Sand«.

tief im Koffer
das verbotene Buch
mit dem abgenützten
roten Umschlag
suchend

akagami no hyōshi tezureshi / kokkin no / fumi o kōri no soko ni sagasu hi

*

Manuskript: Morgens, 27. Juli 1910; Erstdruck 7. August 1910; danach in »Eine Handvoll Sand«. Unter den hinterlassenen Büchern Takubokus fand man nach seinem Tode zahlreiche sozialistische Schriften. Einige davon hatten rote Umschläge, so etwa die Zeitschrift »Sozialistische Studien«, in der 1906 die erste japanische Übersetzung des Kommunistischen Manifests erschienen war.

auf der Suche
nach einem neuen Gefühl
auch heute wieder
durch unbekannte Straßen
geirrt

atarashiki kokoro motomete / na mo shiranu / machi nado kyō mo samayoite kinu

*

Manuskript: Nachts, 3./4. August 1910; Druck: 14. August 1910; danach in »Eine Handvoll Sand«.

einer Abteilung
Soldaten nachblickend
traurig
warum nur
blicken sie
so sorglos drein

ittai no hei o miokurite / kanashikari / nani zo karera no urei nage naru

*

Manuskript: Nachts, 3./4. August 1910; Druck: 14. Oktober 1910; danach in »Eine Handvoll Sand«.

wie gut das tut
das tiefe
Aufheulen
des Generators
wenn ich nur so
sprechen könnte

dainamo no / omoki uneri no kokochiyosa yo / aware kono gotoku mono o iwamashi

*

Manuskript: Nachts, 3./4. August 1910; Druck: 16. August 1910; danach in »Eine Handvoll Sand«.

wortlos
vor den Bergen
der Heimat
dankbar
für die Berge
der Heimat

furusato no yama ni mukaite / iu koto nashi / furusato no yama wa arigataki kana

*

Manuskript: 28. August 1910; Erstdruck in »Eine Handvoll Sand«.

jedem Menschen
sitzt im Herzen
ein Gefangener
jämmerlich
stöhnend

hito to iu hito no kokoro ni / hitori zutsu shūjin ga ite / umeku kanashisa

*

Manuskript: 28. August 1910; Erstdruck in »Eine Handvoll Sand«.

auf der Straße
den Autor treffend
dessen Buch
man verboten hat –
Herbstmorgen

uru koto o sashitomerareshi / hon no chosha ni / michi nite aeru aki no asa kana

*

Manuskript: Nachts, 9. September 1910; Erstdruck: Oktober 1910; danach in »Eine Handvoll Sand«. Um diese Zeit häuften sich die Verbote von sozialistischen Büchern. Schon vorher waren als moralisch gefährlich angesehene Bücher verboten worden, so etwa 1909 Mori Ōgais »Vita Sexualis«.

das Wort Revolution
bisher
so gerne ausgesprochen
nun vermeidend
der Herbst
hat begonnen

tsunehigoro konomite iishi kakumei no go o tsutsushimite aki ni irerikeri

*

Manuskript: Nachts, 9. September 1910; Druck: Oktober 1910; nicht in die Tanka-Sammlungen aufgenommen. Ab Ende Mai des Jahres waren in ganz Japan zahlreiche Sozialisten verhaftet worden (vgl. hierzu das Nachwort). Takuboku schrieb in der Nacht des 9. September insgesamt 39 Tanka nieder, die seine Gedanken und Gefühle angesichts der verschärften Unterdrückung aussprechen, sechsundzwanzig davon veröffentlichte er im Oktober unter dem Titel »Unzufriedenheit einer Septembernacht«.

meine Ideen
scheint mir
beruhen alle
auf Mangel an Geld
der Herbstwind bläst

waga idaku shisō wa subete / kane naki ni insuru gotoshi / aki no kaze fuku

*

Manuskript: Nachts, 9. September 1910; Druck: Oktober 1910; danach in »Eine Handvoll Sand«.

was tun
mit dieser
ausweglosen Gegenwart
seit Anfang Herbst
kommt mir
dieser Gedanke
besonders häufig

jidai heisoku no genjō o ika ni semu aki ni irite koto ni kaku omou kana

*

Manuskript: Nachts, 9. September 1910; Druck: Oktober 1910; nicht in die Tanka-Sammlungen aufgenommen.

damals
beim Frisör
in der Heimat
der Spiegel zeigte
mein Gesicht
und ein Kornfeld

furusato no tokoya no kagami waga kao to mugi no hatake utsuseshi kagami

*

Manuskript: Nachts, 9. September 1910; zu Lebzeiten des Autors nicht veröffentlicht.

irgendwie
ist mir
als ob
in meinem Kopf
ein Steilhang wäre
täglich weiter
abbröckelnd

naniganashi ni / atama no naka ni gake arite / higoto ni tsuchi no kuzururu gotoshi

*

Manuskript: 13. Oktober 1910; Druck: Dezember 1910; danach in »Eine Handvoll Sand«.

warum hat jeder Mensch
eine Familie
bedrückt
wie in ein Grab
komme ich heim
und schlafe

hito ga mina ie o motsu chō kanashimi yo haka ni iru gotoku kaerite nemuru

*

Manuskript: Nachts, 13. Oktober 1910; Erstdruck: Dezember 1910; nicht in die Tanka-Sammlungen aufgenommen.

wie ein Kind
aus den Bergen
an die Berge denkt
so denke ich
wenn ich traurig bin
an dich

yama no ko no / yama o omou ga gotoku ni mo / kanashiki toki wa kimi wo omoeri

*

Druck: November 1910; danach in »Eine Handvoll Sand«.

wie von Steinwürfen
verfolgt
verließ ich das Heimatdorf
der Schmerz
bleibt immer

ishi o mote owaruru gotoku / furusato o ideshi kanashimi / kiyuru toki nashi

*

Druck: November 1910; danach in »Eine Handvoll Sand«.

wie ein krankes Tier
ist mein Herz
hört es von der Heimat
wird es zahm

yamai aru kemono no gotoki / waga kokoro / furusato no koto kikeba oto-nashi

*

Druck: November 1910; danach in »Eine Handvoll Sand«.

und denkst du auch
an Sterben?
da zeigte die Frau
auf die Narbe
an ihrem Hals

shinitaku wa nai ka to ieba / kore miyo to / nondo no kizu o miseshi onna kana

*

Erstdruck: November 1910; danach in »Eine Handvoll Sand«.

da war doch noch
der junge Englischlehrer
der nach den Sommerferien
nicht wiederkam

natsuyasumi hatete sono mama / kaerikonu / wakaki eigo no kyōshi mo ariki

*

Druck: November 1910; danach in »Eine Handvoll Sand«.

irgendwie
war mir
nach Zugfahren zumute
angekommen
weiß ich nicht
wohin

nani to naku kisha ni noritaku omoishi nomi / kisha o orishi ni / yuku tokoro nashi

*

Druck in »Eine Handvoll Sand« (Dezember 1910).

wie ein Stein
der den Abhang herabrollt
so bin ich
bis hierher
gekommen

ishi hitotsu / saka o kudaru ga gotoku ni mo / ware kyō no hi ni itaritsuki-taru

*

Erstdruck in »Eine Handvoll Sand«.

Das Glasfenster

»Gibt's irgendwas Interessantes?!« Diese Worte rufen in mir kein gutes Gefühl hervor. Ich weiß nicht, wie oft ich diese unangenehmen Worte in den letzten zwei oder drei Jahren von jungen Leuten, die mit der Literatur beschäftigt sind, gehört habe. Natürlich habe ich selbst auch diese Worte gebraucht. – Zeitweise empfand ich, wenn ich jemandem begegnete, nachgerade einen Zwang, dies zu sagen:
»Gibt's irgendwas Interessantes?!«
»Nein, nichts.«
»Nein, nichts.«
Jedesmal, wenn mir diese Worte über die Lippen kamen, blieb ein irgendwie unruhiges, unangenehmes Gefühl wie ein Bodensatz in mir zurück. Wie der Nachgeschmack, wenn man etwas Schlechtes gegessen hat. Danach vermag gar nichts mehr mein Interesse zu wecken, so wie es dies sonst tut. Häufig schmecken mir nicht einmal mehr meine geliebten Zigaretten.
Manchmal gehe ich dann spazieren. Aber auch wenn mich irgendwohin zu gehen verlangt: Ich habe kein Ziel, zu dem ich hingehen könnte. Irgendwo auf der Welt scheint sich irgendwas Außergewöhnliches zu ereignen, aber zwischen diesem Außergewöhnlichen und mir selbst, so ist mir, wird es nie eine Beziehung geben. Schließlich tragen die vom ziellosen Umherlaufen ermüdeten Füße dies ruhelose Herz wieder nach Hause. Ganz als ob ich nicht wüßte, was ich mit meiner Existenz anfangen soll.
»Gibt's irgendwas Interessantes?!«
Das ist das tiefe Aufseufzen der im Herzen aller Menschen fließenden Romantik. – So kann man es zweifellos sehen. Aber das so zu sehen, bedeutet noch lange nicht, daß jenes Gefühl der Leere, welches wir in unserer Existenz entdeckt haben, auch nur etwas vermindert wird. Ich habe genug von nutzloser Selbstzergliederung und Selbstbetrachtung: so

sehr bin ich dazu gekommen, den praktischen Fragen den Vorrang einzuräumen. Ehrlich gesagt, ich bin irgendwann unversehens von dem Weg, den die Intelligenz geht, abgekommen – ich habe Abschied genommen von jener heutigen Tendenz, die eigenen Probleme von Anfang bis Ende auf dem Schreibtisch zu erledigen.

Statt ziellos durch die Straßen zu laufen und zu fragen »Gibt's irgendwas Interessantes?!« will ich von heute an ernsthaft darüber nachdenken, was zu tun ist, damit es interessant wird.

*

Ich weiß nicht mehr genau, wann es war, daß ein Freund, der Gedichte schreibt, mir folgendes erzählte: Vor ein paar Tagen kommt ein Onkel von mir, der auf dem Lande eine Bank betreibt, nach Tōkyō und fragt mich, was ich mache. Ich wußte nicht, was ich sagen soll, und antwortete: Ich tu nichts. Da sagt er: Das gibt's doch nicht, daß du seit dem Schulabschluß überhaupt nichts tust. Du brauchst dich nicht zu schämen, sag's, egal was es ist. Es blieb mir nichts anderes übrig, ich zeigte ihm eine Zeitschrift, wo was von mir abgedruckt ist. »Soso, so was machst du also auch? Das ist ja ganz nett, aber außerdem hast du doch sicher noch 'ne richtige Arbeit?« sagte er.

»Mit einer solchen Sorte Mensch zu sprechen, das ist schrecklich. Mir wurd', ehrlich gesagt, ganz schwach. Was soll man da antworten?« Und der Freund lachte laut.

Ich habe auch gelacht. Wir dachten dabei beide an den Abstand zwischen den sogenannten Alltagsmenschen und dem Schriftsteller.

Das gleiche Erlebnis habe ich selbst auch schon mehrfach gehabt. Aber ich konnte über mich selbst nicht lachen. Ich mochte es auch nicht anderen erzählen. Daß ich vor anderen Leuten nicht zu sagen vermag, was meine Arbeit ist, das weckt in mir Zorn und noch mehr Scham.

Drei Jahre vergingen, fünf Jahre vergingen.

Irgendwann habe ich alle Sympathie verloren mit denen, die, jünger als ich, Dichter oder Schriftsteller (Wörter, die in mir, als ich siebzehn oder achtzehn war, beim bloßen Hören Sehnsüchte erweckten) werden möchten. Ehe ich den Betreffenden überhaupt empfange, seine Persönlichkeit kennenlerne und über sein literarisches Talent nachdenke, erfaßt mich nun zunächst Mitleid und Geringschätzung, manchmal auch Widerwillen. Besonders wenn ich an jene Leute denke, die irgendwo in der Provinz, ohne etwas bestimmtes zu tun, herumhängen und Gedichte oder Tanka verfassen und dabei über ein Selbstbewußtsein verfügen, wie es sich Außenstehende überhaupt nicht vorstellen können – und Briefe wie unausgegorene Rätsel schreiben: dann kommt in mir der Gedanke auf, wie erquickend es für die Welt wäre, wenn man ein großes Loch aushöbe und sie allesamt darin begrübe.

Ich bin allzusehr »Alltagsmensch«, um über den Abstand von realer Gesellschaft und literarischem Leben einfach zu lachen. Falls meine literarischen Bemühungen (wenn man das so nennen kann) mir bis heute irgendeinen Erfolg gebracht hätten, dann wäre ich vielleicht nicht so geworden. Das geht mir natürlich auch manchmal durch den Kopf und macht mich traurig. Aber sollte das Gefühl der Leerheit, das ich gegenüber dem literarischen Leben empfinde, nur ein Problem der literarischen Verlierer sein?

(........)

Ich spüre mein Herz nie so fröhlich schlagen, wie wenn eine Arbeit nach der anderen auf meinen Schreibtisch kommt und eine nach der anderen erledigt wird.

Wenn es allzu viel ist, dann wird mir manchmal etwas schwindelig im Kopf. Ich schimpfe mich selbst aus: »Was regst du dich wegen so etwas auf!« Und ich konzentriere meine Gedanken, die sich zu zerstreuen begannen, wieder auf die Arbeit. In dem Moment verspüre ich – mag die Arbeit auch noch so unwichtig sein – keinerlei Begierde,

keinerlei Unzufriedenheit. Mein Verstand, meine Augen und meine Hände werden eins, und ich arbeite mit einer Geschwindigkeit, über die ich selbst staune.
Ein wirklich gutes Gefühl. Und ich wünsche mir: »Mehr, noch mehr Arbeit!«
Es dauert nicht lange, und die Arbeit ist abgeschlossen. Ich atme auf und rauche eine Zigarette. In meinem Bauch macht sich ein angenehmer Hunger bemerkbar. Mir ist, als ob ich mich noch selbst sehe, wie ich völlig in der Arbeit aufgehe. Und ich denke: »Ach hätte ich doch noch mehr Arbeit gehabt!«
Ich habe alle möglichen Wünsche und Hoffnungen. Ich wünsche mir Geld; ich möchte Bücher lesen; ich möchte berühmt werden; ich möchte verreisen; ich möchte in einer Gesellschaft leben, in der ich mich wohlfühle; ich möchte mich selbst reformieren. Ich habe noch zahllose weitere Wünsche und Hoffnungen. Aber sie alle ersetzen nicht das Glück, sich in eine Arbeit zu stürzen und alle Begierden zu vergessen – das denke ich in solchen Momenten.
Es kommt die Zeit, nach Hause zu gehen. Ich denke nach über die Arbeit, die ich zu Hause tun werde. Wenn ich etwas zu tun habe, gehe ich mit Freuden heim. Aber manchmal fällt mir kein dringendes Geschäft ein. Und in mir kommt das unangenehme Gefühl hoch: »Da muß ich also wieder sinnlos vor mich hinbrüten.« Ich weiß nicht, wie oft ich in der Straßenbahn gedacht habe: Wenn es möglich wäre, möchte ich mein ganzes Leben, von morgens bis abends wie verrückt arbeiten, ohne Zeit zu reden, ohne Zeit nachzudenken, und dann tot umfallen. Manchmal erschien mir der Straßenbahnfahrer, dessen Gestalt ich von hinten betrachte, irgendwie beneidenswert und verehrungswürdig: wie er so dasteht, die Kurbel in der Hand, keine Sekunde in seiner Achtsamkeit nachlassend, den Blick intensiv nach vorne gerichtet.
– Bis vor einem Jahr wußte ich nicht, daß es ein solches Leben gibt.

Aber – aber manchmal kommt unerwartet ein völlig anderes Gefühl in mir auf. Wie der Schmerz einer vergessenen Wunde, die plötzlich wieder zu stechen beginnt. Ich versuche das Gefühl zu unterdrücken, aber es geht nicht. Ich versuche an etwas anderes zu denken, aber umsonst.
Die Welt, die bis dahin hell und klar gewesen ist, verdunkelt sich in kürzester Zeit. Was Freude machte, wird unerfreulich, was Befriedigung brachte, wird Quelle der Unzufriedenheit. Ich werde wütend über Dinge, über die man eigentlich nicht wütend zu werden braucht. Alles was ich sehe, alles was ich höre, verstärkt das unangenehme Gefühl. Ich möchte in die Berge gehen, ans Meer gehen, möchte in ein Land gehen, wo mich niemand kennt, möchte mich unter die Menschen einer Großstadt mischen, in der eine mir völlig unbekannte Sprache gesprochen wird ... In solchen Momenten verspotte ich nach Herzenslust die grenzenlose Häßlichkeit, die grenzenlose Erbärmlichkeit dieses Lebewesens namens Ich.

(veröffentlicht Juni 1910)

Sehnsucht nach dem Landleben

Ein berühmter deutscher Autor soll in einem seiner Romane das Schicksal jener Menschen dargestellt haben, die das Landleben aufgeben und in großer Zahl in das Gewimmel der von Rauch und Dreck geschwärzten Stadt eintauchen. Diese traurigen Umsiedler haben entschlossen die Beziehung zur Heimat abgebrochen. Aber von dem Moment an, da sie den Fuß in die Stadt setzen, müssen sie an das heruntergekommene, dabei aber doch friedvolle, von den Eltern ererbte Haus denken. Auch die mit den gröbsten Nerven ausgestatteten Landbewohner spüren auf jeden Fall, daß die Struktur ihrer Lungen allzu einfach ist, um die kompliziert zusammengesetzte Luft der Stadt zu atmen. So beginnt ihre Sehnsucht nach dem Landleben mit dem ersten Tag ihres neuen Lebens und vertieft sich mit der langen heftigen Anstrengung ihres Lebenslaufes immer mehr. In keinem Winkel der Stadt entdecken sie einen Ort, der ihren Erwartungen entspräche. Aber wer einmal seinen Fuß in die Stadt gesetzt hat, kann ihn nicht mehr herausziehen. Das ist eines der Geheimnisse des Zivilisationssumpfes namens Stadt. Sie alle sterben, die Sehnsucht nach der Wärme des Landlebens im Herzen, inmitten der kalten zwischenmenschlichen Beziehungen der Stadt. Und deren Kindern genügt das Bild der Heimat, von der ihnen ihre Eltern beim Einschlafen erzählt haben – die Berge, Flüsse, der hohe Himmel, die weiten Felder, die reine Luft, das frische Gemüse, die Kornblüten und der Umgang der dort lebenden einfachen Menschen miteinander –, genügen diese hellen, heiteren Bilder, um (ganz wie die Kindergeschichte von der Insel des Glücks) das Herz dieser vom allzu harten Leben ermüdeten Menschen anzuziehen. Bei deren Kindern wiederum, d.h. bei der dritten Generation der traurigen Umsiedler, ist die Lage ziemlich anders. Der Abstand zwischen ihnen und der Heimat ihrer Vorfahren ist nicht nur ein räumlicher, sondern sie haben sich auch zeitlich der Heimat entfernt. Nicht nur das: das Gesetz der Evolution, das auf die beiden vorangegangenen Generationen eingewirkt hat, und die Erziehung, die sie von ihrem ersten Geburtsschrei an erhielten, haben schließlich die Struktur ihrer Lunge kompliziert gemacht, haben ihre Sinne geschärft. Schärfung der Sinne und Lähmung der Moralität sind die zwei Grundelemente des städtischen Lebens. Tatsächlich haben die Angehörigen jener dritten Generation gleichzeitig mit dem Landleben, nach dem sie sich sehnen könnten, auch ihr schönes Gewissen verloren. Sie haben alles verloren, wonach man sich sehnen könnte. Und somit ist die Tragödie ihres Lebens noch viel schrecklicher als die Tragödie ihrer Väter und Großväter.

Ich habe völlig vergessen, wann und wo oder von wem ich diese Geschichte gehört habe. Vielleicht habe ich sie auch gar nicht von jemandem *gehört*, sondern irgendwo gelesen. Ich weiß auch nicht den Namen des Autors oder den Titel des Romans. Ich kenne nur diese Geschichte. Irgendwann hab ich jemanden gefragt, der sich in der neueren deutschen Literatur auskennt, aber der wußte auch nicht weiter. Es ist also eine völlig aus dem Zusammenhang gerissene Geschichte, aber sie geht mir seltsamerweise seit geraumer Zeit nicht aus dem Kopf. Und während ich sie mir ab und zu in Erinnerung rufe, läßt sie meine Gedanken mit einer unaussprechlichen Traurigkeit zwischen Gegenwart und Vergangenheit umherirren. – Auch ich bin einer jener »traurigen Umsiedler«.

Geht man in die Provinz, so findet man in jedem Städtchen, in jedem Dorf junge Leute, die aus lauter Sehnsucht nach dem Stadtleben ihre Arbeit nur mit halbem Herzen tun. Ich kenne die Gefühle dieser Menschen gut, und das macht mich traurig. Auch unter diesen Menschen sterben – genauso wie unter denen, die in der Stadt sich nach dem Landleben sehnen, neunzig Prozent ohne ihre Sehnsucht zu erfüllen. Aber es gibt einen Unterschied zwischen den beiden. Die Sehnsucht derer, die auf dem Lande leben und sich nach der Stadt sehnen, ist die Sehnsucht von Menschen, die an die Möglichkeit eines besseren Lebens glauben und dieses erreichen möchten. Sie ist optimistisch, positiv. Die Sehnsucht derer, die sich in der Stadt nach dem Landleben sehnen, ist eine andere. Auch sie haben ehemals Sehnsucht nach der Stadt empfunden. Deshalb ist in der Gegenwart ihre Sehnsucht eine Sehnsucht von Menschen, die in ein schlechteres Leben abgesunken sind und zum früheren Zustand zurückkehren wollen. Es ist eine Sehnsucht, die weiß, daß, selbst wenn sie erfüllt würde, dies keineswegs das wahre Glück sein würde. Sie ist dementsprechend eine hilflose Sehnsucht. Sie ist verzweifelt, passiv. Und entsprechend tief ist auch die Traurigkeit.

Die Zivilisation der Moderne, dessen was man das Industrielle Zeitalter nennt, hat den Graben zwischen Stadt und Land von Tag zu Tag vertieft. Sie vertieft ihn auch in diesem Moment und sie wird ihn zweifellos auch in Zukunft vertiefen. Und die Sehnsucht der Menschen auf dem Lande nach der Stadt wird von Tag zu Tag stärker werden und auch die Sehnsucht der Stadtbewohner nach dem Landleben wird sich mit jedem Tag verstärken. Worin wurzelt dieser Widerspruch? Wird dieser Widerspruch nicht schließlich alle Menschen in eine Situation bringen, da sie nichts mehr haben, wonach sie sich sehnen könnten?

Menschen, deren Lunge eine komplizierte Struktur angenommen hat, Menschen, bei denen ausschließlich die Sinne geschärft wurden, lachen vielleicht, wenn sie sehen, wie ich mich mit dem Gefühl eines kleinen Jungen nach dem Landleben sehne, und werden sagen: »Seht, da ist noch so ein bedauernswerter Idealist!« Es ist mir gleich, ob sie lachen. Ich mag meine Sehnsucht nicht aufgeben. Ich will sie noch tiefer machen. Und zwar heute nicht nur als Gefühl, sondern als Recht. Ich will den Glauben nicht aufgeben, daß irgendwann einmal eine Zeit kommen wird, da die Widersprüche, die auf allen Feldern der modernen

Zivilisation zu Tage treten, durch unsere Hände restlos aufgelöst werden. Der Mensch hat das Recht, nach Wohlstand zu streben.

(20. Oktober 1910, morgens, in Tōkyō)

Trauriges Spielzeug

Eine Zigarette rauchend, die Ellenbogen auf den Tisch gestützt, ließ ich die vom Schreiben ermüdeten Augen auf dem Zeiger der Uhr vor mir ruhen. Und ich dachte dabei folgendes: Wir sollten bei allen Dingen, sobald sie uns unbequem zu werden beginnen, versuchen, das, was uns stört, ohne zu zögern, zu verändern. Das ist das einzig richtige. Wir leben nicht für andere, wir leben für uns selbst.

Auch beim Tanka ist das so. Wir empfinden heute eine gewisse Unbequemlickeit, eine gewisse Unnatürlichkeit darin, ein Tanka in einer Zeile zu schreiben. Deshalb sollten wir, je nach dem Rhythmus des betreffenden Tanka, das eine Tanka in zwei Zeilen, das andere Tanka in drei Zeilen schreiben. Man mag uns sagen, das zerstöre den Rhythmus des Tanka: Da der bisherige Rhythmus als solcher unserem Gefühl nicht mehr entspricht, ist es unnötig, uns Zurückhaltung aufzuerlegen. Wenn die Beschränkung auf einunddreißig Silben uns unbequem ist, sollten wir ruhig häufig überzählige Silben gebrauchen. Und auch was den Inhalt des Tanka betrifft, sollten wir die willkürlichen Einschränkungen wie »das ist nicht poetisch« oder »das ergibt kein Tanka« aufgeben und ohne Beschränkung auf bestimmte Themen, das was wir sagen wollen, sagen. Wenn wir das tun, dann wird, solange den Menschen noch ihre inmitten des geschäftigen Alltags auftauchenden und wieder verschwindenden Augenblicksgefühle wichtig sind, das Tanka nicht untergehen. Selbst wenn die jetzigen einunddreißig Silben zu einundvierzig oder einundfünfzig Silben würden, auf jeden Fall stürbe deswegen das Tanka nicht aus. Und wir können mit Hilfe des Tanka jenes Gefühl, daß das Leben jeden Augenblickes wertvoll ist, befriedigen.

Während ich über solche Dinge nachdachte, und der Sekundenzeiger genau eine Umdrehung hinter sich brachte, saß ich unbeweglich da. Und ich spürte, wie meine Stimmung

immer dunkler wurde. Das Tanka in einer Zeile schreiben: das ist nicht das einzige, was mich stört. Aber das, was ich selbst, zum jetzigen Zeitpunkt, nach meinem Gutdünken verändern kann, verändern können sollte, ist nur sehr wenig: die Stellung der Uhr, des Schreibkastens, des Tintenfasses auf diesem Tisch – und dazu höchstens noch das Tanka. Wenn man will, lauter völlig belanglose Dinge. Und gegenüber den anderen, mich wirklich störenden, mir Schmerz bereitenden vielen Dingen, kann ich ja keinen Finger rühren. Ja, ich muß sie hinnehmen, mich ihnen unterwerfen, und dies elende Doppelleben fortsetzen. Es gibt ja keinen anderen Weg für mich, in dieser Gesellschaft zu leben. Ich versuche, mich selbst vor mir selbst auf alle mögliche Weise zu rechtfertigen; aber mein Leben ist doch letzten Endes ein Opfer des heutigen Familiensystems, Klassensystems, Kapitalsystems, des Systems der Käuflichkeit des Wissens.
Ich blickte zur Seite, und mein Blick fiel auf eine Puppe, die wie tot auf dem Fußboden lag. Das Tanka ist mein trauriges Spielzeug.

(veröffentlicht: Dezember 1910)

Fünzehn Tanka
1911

Kopf mein Kopf
denkst du
auch dieses Jahr
lauter Dinge
undurchführbar
in dieser Gesellschaft

yo ni okonaigataki koto nomi kangaeru / ware no atama yo! / kotoshi mo shikaru ka.

*

Erstdruck: Januar 1911; danach in »Trauriges Spielzeug«.

die Leute gehen alle
in eine Richtung
meine ich
sie
von der Seite her
betrachtend

hito ga mina / onaji hōgaku ni muite yuku. / sore o yoko yori mite iru kokoro.

*

Erstdruck: Januar 1911; danach in »Trauriges Spielzeug«.

wie ein Zug
der durch die Wildnis fährt
so geht dieser Schmerz
mir manchmal
durch den Kopf

arano yuku kisha no gotoku ni, / kono nayami, / tokidoki ware no kokoro o tōru.

*

Erstdruck: Januar 1911; danach in »Trauriges Spielzeug«.

wenn ich nachdenke
dann gibt es nichts
was ich mir wirklich wünsche –
die Pfeife putzend

kangaereba, / honto ni hoshi to omou koto aru yō de nashi. / kiseru o migaku.

*

Erstdruck in »Trauriges Spielzeug«.

das leise Gefühl
der Befriedigung
beim Waschen meiner schmutzigen Hände
das war
die ganze Befriedigung
des heutigen Tages

yogoretaru te o araishi toki no / kasuka naru manzoku ga / kyō no manzoku nariki.

*

Erstdruck: Januar 1911; danach in »Trauriges Spielzeug«.

versehentlich
eine Tasse zerschlagend
wie gut das tut
Dinge zerschlagen
auch heute
dieser Gedanke

ayamachite chawan o kowashi, / mono o kowasu kimochi no yosa o, / kesa mo omoeru.

*

Erstdruck: Februar 1911; danach in »Trauriges Spielzeug«. Bereits am 16./17. Juli 1908 hatte der Autor folgendes Tanka in sein Tagebuch geschrieben: »Wenn ich wütend bin, zerschlage ich jedesmal einen Teller. Ach könnte ich doch neunhundertneunundneunzig zerschlagen und dann sterben.«

auch heute wieder
gearbeitet
nur darauf wartend
daß die Zeit kommt
heimzugehen

ie ni kaeru jikan to naru o, / tada hitotsu no matsu koto ni shite, / kyō mo hatarakeri.

*

Erstdruck: Februar 1911; danach in »Trauriges Spielzeug«. Der Autor arbeitete ab März 1909 als Korrektor bei der Zeitung *Tōkyō Asahi shinbun*.

wie aus Angst
daß man hört
was ich denke
unwillkürlich
zurückweichend
vor dem Stethoskop

omou koto nusumikikaruru gotoku nite, / tsuto mune o hikinu – / chōshinki yori.

*

Erstdruck: März 1911; danach in »Trauriges Spielzeug«. Am 4. Februar 1911 wurde Takuboku in das Krankenhaus der Universität Tōkyō eingeliefert. Die Ärzte stellten eine chronische Bauchfellentzündung fest. Am 7. Februar wurde er operiert, am 15. März entlassen.

die Hand der Krankenschwester
die mir den Puls fühlt
an manchen Tagen
ist sie warm
an manchen Tagen auch
kalt und hart

myaku o toru kangofu no te no, / atatakaki hi ari, / tsumetaku kataki hi mo ari.

*

Erstdruck: März 1911; danach in »Trauriges Spielzeug«.

dann ist Ihnen
Ihr Leben also
egal
sagte der Arzt
und ich
schwieg

sonnaraba inochi ga hoshiku nai no ka to, / isha ni iwarete, / damarishi kokoro!

*

Erstdruck: März 1911; danach in »Trauriges Spielzeug«.

spät nachts
irgendwo
auf der Station
Aufregung
ich halte den Atem an
vielleicht ist jemand gestorben

yoru osoku doko yara no heya no sawagashiki wa / hito ya shinitaramu to, / iki o hisomuru.

*

Erstdruck: März 1911; danach in »Trauriges Spielzeug«.

einen neuen
Körper
mir wünschend
fühle ich
mit der Hand
die Operationsnarbe

atarashiki karada o hoshi to omoikeri, / shujutsu no kizu no / ato o nade-tsutsu.

*

Erstdruck: Juli 1911; danach in »Trauriges Spielzeug«.

ziemlich fern
dachte ich
seien mir
die traurigen Gedanken
der Terroristen
aber manchmal
kommen sie näher

yaya tōki mono ni omoishi / terorisuto no kanashiki kokoro mo – / chikazuku hi no ari.

*

Erstdruck: Juli 1911; später in »Trauriges Spielzeug«.

der Mann denkt an Reisen –
Schimpfen
Weinen
die Gedanken
von Frau und Kindern –
Frühstückstisch

tabi o omou otto no kokoro! / shikari, naku, tsumako no kokoro! asa no shokutaku!

*

Erstdruck posthum in »Trauriges Spielzeug«.

wenn ich sage
ich glaube daran
daß ein neuer Tag kommt
so lüge ich nicht
allerdings –

atarashiki asu no kitaru o shinzu to iu / jibun no kotoba ni / uso wa nakeredo –

*

Erstdruck posthum in »Trauriges Spielzeug«. Eine Vorstufe des Gedichtes wurde im Januar 1911 veröffentlicht: »Traurig höre ich, wie mein Freund sagt: Ich glaube daran, daß ein neuer Tag kommt.«

Nach einer endlosen Diskussion*

* Dieser Gedichtzyklus liegt in drei, verschieden umfangreichen Versionen vor. In der vorliegenden Übersetzung wurden die insgesamt elf Gedichte der drei Versionen addiert. Hierzu vgl. die Anmerkungen.

(1.)

Einer dunklen, wüsten Ebene gleicht
mein Gehirn, in dem
von Zeit zu Zeit wie ein fallender Blitz
der Gedanke an die Revolution aufleuchtet, doch –

leider
kein herrlicher Donner erreicht das Ohr des Wartenden.

Ich kenne
die im Blitzschein aufleuchtende
Gestalt der neuen Welt:
dort werden alle Dinge ihren Ort finden.

Aber sie verschwindet jedesmal innerhalb eines
Augenblicks.
Und: kein herrlicher Donner erreicht das Ohr des
Wartenden.

Einer dunklen, wüsten Ebene gleicht
mein Gehirn, in welchem
von Zeit zu Zeit wie ein fallender Blitz
der Gedanke an die Revolution aufleuchtet, doch –

(15. 6. 1911, nachts)

(2.)

Nach einer endlosen Diskussion

Wir lesen und wir diskutieren
und unsere Augen leuchten –
darin stehen wir
der russischen Jugend vor fünfzig Jahren nicht nach.
Wir diskutieren, was zu tun ist.
Aber: keiner schlägt mit der geballten Faust auf den Tisch
und ruft V NAROD!

Wir wissen, wonach wir streben
und wir wissen, wonach das Volk strebt,
und wir wissen, was zu tun ist.
Eigentlich wissen wir mehr
als die russische Jugend vor fünfzig Jahren.
Aber: keiner schlägt mit der geballten Faust auf den Tisch
und ruft V NAROD!

Die hier versammelt sind, sind alle jung,
junge Menschen, die immer diejenigen sind,
die das Neue schaffen.
Wir wissen, daß die Alten bald sterben
und wir schließlich siegen werden.
Seht, wie unsere Augen leuchten,
wie heftig unsere Diskussionen sind.
Aber: keiner schlägt mit der geballten Faust auf den Tisch
und ruft V NAROD!

Ach, die Kerze ist bereits drei mal erneuert worden,
in der halb ausgetrunkenen Tasse schwimmt eine kleine
  Fliege
Die Begeisterung der jungen Frau ist unverändert,
aber in ihren Augen liegt die Erschöpfung nach einer
  endlosen Diskussion

Aber immer noch:
keiner, kein einziger schlägt mit der geballten Faust auf den Tisch
und ruft V NAROD!

(15. 6. 1911, nachts)

(3.)

Ein Löffel Kakao

Ich kenne es: das traurige Herz
des Terroristen –
welches Worte und Taten nicht trennen mag,
das eine, ganze Herz.
das Herz, welches statt der Worte, die ihm genommen
sind,
durch Taten sprechen will,
Herz, welches sich und den eigenen Körper
gegen den Feind wirft –
aber das ist
die Trauer aller aufrichtigen und begeisterten Menschen

Nach einer endlosen Diskussion,
einen Löffel erkalteten Kakao schlürfend:
in der Bitterkeit auf der Zunge
spüre ich es:
des Terroristen
trauriges, trauriges Herz.

(15. 6. 1911, nachts)

(4.)

Heftige Diskussion

Ich kann die heftige Diskussion jener Nacht nicht
 vergessen
jene heftige Diskussion
über die Rolle der ›Macht‹ in der neuen Gesellschaft,
welche plötzlich
zwischen dem jungen Ökonomen N, einem der Genossen,
und mir aufkam,
jene heftige, fünf Stunden dauernde Diskussion.

»Du redest ganz wie ein Demagoge«,
stieß er schließlich hervor.
Dabei schrie er fast.
Wenn zwischen uns nicht der Tisch gewesen wäre,
hätte seine Hand wohl meinen Kopf geschlagen.
Ich sah in seinem dunklen, großen Gesicht
einen männlichen Zorn aufwallen.

Die Mainacht war bereits bis ein Uhr fortgeschritten.
Als einer aufstand und das Fenster öffnete,
flackerte die Kerze zwischen N und mir mehrmals auf.
Und der regenfeuchte Nachtwind war kühl
auf meinen angenehm erhitzten Wangen
kurz nach der Krankheit.

Und ich kann auch nicht den Fingerring vergessen
an der zarten Hand K's in jener Nacht,
K, die auf unseren Zusammenkünften
immer die einzige Frau war,
wenn sie eine lose Haarsträhne zurückstrich,
oder wenn sie den Docht der Kerze beschnitt,
dann leuchtete er immer wieder vor meinen Augen.
Er war ihr allerdings von N geschenkt worden

als Zeichen der Verlobung.
In jener Nacht aber,
stand sie von Anfang an auf meiner Seite.

(16. 6. 1911)

(5.)

Nachmittag im Arbeitszimmer

Ich mag nicht die Frauen dieses Landes

Traurig,
daß der versehentlich verschüttete Wein
auf dem rauhen Papier
des ausländischen Buches
(ich habe gerade begonnen darin zu lesen)
nicht einziehen will.

Ich mag nicht die Frauen dieses Landes.

(15. 6. 1911, nachts)

(6.)

Grabinschrift

Ich habe ihn immer verehrt,
und ich verehre ihn immer noch –
Seit wir ihn auf dem Vorstadtfriedhof unter dem
Kastanienbaum begruben,
sind bereits zwei Monate vergangen.

Seit wir ihn nicht mehr auf unseren Versammlungen
sehen,
sind tatsächlich zwei Monate verflossen.
Er war kein Debattierer, aber einer,
der auf unseren Versammlungen nicht fehlen durfte.

Einmal sagte er:
Genossen, kritisiert nicht mein Schweigen:
ich kann nicht diskutieren,
aber ich bin jederzeit bereit, mich zu erheben.

Seine Augen tadeln immer die Feigheit der Debattierer –
so charakterisierte ihn einer der Genossen.
Ja, auch ich habe das immer wieder gespürt.
Aber jetzt werden wir nie mehr dem gerechten Tadel seiner
Augen begegnen.

Er war ein Arbeiter – Ein Maschinenarbeiter.
Er arbeitete immer mit Eifer, und mit Freude.
Wenn er Zeit hatte, redete er mit den Genossen, und er las
viel.
Er rauchte nicht und trank nicht.

Er war direkt und unbeugsam, und dazu nachdenklich.
Er erinnerte an die Gefährten Bakunins in den Bergen des
Jura.

Auch als er von heftigem Fieber aufs Bett geworfen wurde,
kamen bis zu seinem Tode keine Fieberphantasien über seine Lippen.

Heute ist der Erste Mai, unser Tag.
Das waren seine letzten Worte, die er mir hinterließ.
Am Morgen dieses Tages besuchte ich ihn am Krankenbett,
Am Abend dieses Tages begann er seinen langen Schlaf.

Ach, seine breite Stirn, seine eisernen Arme,
und seine Augen, die den Tod nicht fürchteten,
so wie sie das Leben nicht gefürchtet hatten,
sehe ich vor mir, wenn ich die Augen schließe.

Sein toter Körper wurde – als der eines Materialisten –
unter dem Kastanienbaum begraben.
Die von uns, den Genossen, gewählte Grabinschrift lautet:
Ich bin jederzeit bereit, mich zu erheben.

(16. 6. 1911)

(7.)

Beim Öffnen eines alten Koffers

Mein Freund öffnet einen alten Koffer,
und breitet im dämmrigen Schein der Kerze
verschiedene Bücher auf dem Boden aus.
Es sind alles Bücher, die in diesem Lande verboten sind.

Schließlich findet er eine einzelne Photographie
»Das ist sie« sagt er und legt sie in meine Hand.
Still lehnt er sich wieder ans Fenster und pfeift vor sich hin.
Es war die Photographie einer jungen, nicht besonders schönen Frau.

(16. 6. 1911)

(8.)

Wirklich,
an jenem Abend auf dem Jahrmarkt in der Vorstadt,
in der Bude des Kinematographen,
während das frische Azethylengas im Raume schwebte,
wie traurig klang die scharfe
Signalpfeife in der Herbstnacht
– tüüü –
und als sie verklang,
wurde es ringsum schlagartig dunkel,
und der Lausbubenfilm erschien bläulich vor meinen
  Augen,
und sofort darauf, als die Signalpfeife noch einmal ertönte,
begann der heisere Erzähler
mit Bewegungen wie ein europäisches Gespenst
wortreich und umständlich irgend etwas zu erzählen.
Mir stiegen die Tränen auf.

Aber das ist nun drei Jahre her.

Nach einer endlosen Diskussion
mit müdem Herzen
mit Widerwillen gegen die Schwachheit
dieses und jenes Genossen,
ganz allein nachts im Regen zwischen den Häusern
  heimgehend
kam mir von ungefähr diese Signalpfeife in den Sinn
– tüüü –
und wieder: tüüü

Mir stiegen, plötzlich, Tränen auf.
Ja, wirklich, der ungestillte Hunger meines Herzens
ist unverändert,
damals wie heute.

(17. 6. 1911)

(9.)

Auch heute sicherlich
quält sich mein Freund
Marxs »Kapital« zu verstehen.

Mir ist, als ob
um mich herum
kleine gelbe Blütenblätter schaukelnd
(ich weiß nicht warum)
schaukelnd herniedersinken.

Eine Frau,
schon dreißig Jahre alt, so hieß es,
und nur drei Fuß groß,
sah ich einst in einer Schaubude
tanzen, einen roten Fächer in der Hand.
Wann war das eigentlich?

Da fällt mir ein:
jene Frau,
die nur ein einziges Mal zu unserer Versammlung kam
und dann wegblieb –
jene Frau
was macht sie wohl jetzt?

Unruhe, grundlos aufsteigend,
an einem hellen
Nachmittag.

(10.)

Das Haus

25. 6. 1911, Tōkyō

Auch heute morgen,
als ich die Augen öffnete,
plötzlich
die Sehnsucht nach einem Haus,
das ich mein eigen nennen könnte;
auch während ich mir das Gesicht wusch,
mußte ich unwillkürlich daran denken,
und abends,
als ich von der Arbeit heimkehrte,
und nach dem Essen Tee trank
und eine Zigarette rauchte,
stieg
bei dem vertrauten Geschmack des blauen Qualms
wieder flüchtig dieser Gedanke in mir auf,
flüchtig und gleichzeitig traurig.

Als Platz würde ich eine Stelle
nicht weit von der Eisenbahn wählen,
am Rande meines Heimatdorfes,
dort wo ich mich zu Hause fühle
ein nettes, sauberes Haus,
eine Holzkonstruktion in westlichem Stil,
nicht teuer,
auch ohne besonderen Schmuck,
aber mit einer breiten Treppe,
einem Balkon
und einem hellen Arbeitszimmer . . .
ja, und mit einem guten, bequemen Stuhl.

All diese Jahre hindurch
habe ich mir immer wieder dieses Haus vorgestellt,

es mir ausgemalt,
jedesmal mit einer etwas verschiedenen Zimmereinteilung,
und während mein Blick sich unwillkürlich
auf den schneeweißen Lampenschirm konzentriert,
ist mir, als ob ich lebhaft vor mir sehe,
wie schön es ist,
in diesem Haus zu wohnen:
meine Frau liegt drüben in der anderen Ecke des Zimmers
und gibt dem weinenden Baby die Brust,
mit dem Rücken zu mir,
so daß sie nicht sehen kann,
wie ich heimlich vor mich hin lächele.

Ja, und der Garten ist ausgedehnt,
den Rasen werd ich sich selbst überlassen,
und welch ein Vergnügen wird es sein, wenn im Sommer
der Regen auf das hoch stehende Gras prasselt; in einer Ecke
werde ich einen hohen Baum pflanzen
und eine weiß gestrichene Bank darunter stellen –
bei gutem Wetter werde ich mich dort hinsetzen,
und werde eine jener stark qualmenden,
wohlig duftenden ägyptischen Zigaretten paffen,
und dabei die Seiten der Neuerscheinungen aufschneiden,
die mir alle vier oder fünf Tage
von der Buchhandlung Maruzen zugeschickt werden,
werde dösend die Stunden verbringen,
bis ich zum Mittagessen gerufen werde,
oder werde die Kinder aus dem Dorf um mich sammeln
und ihnen alle möglichen Geschichten erzählen,
während sie mit großen runden Augen zuhören . . .

Jedesmal, wenn dieser Gedanke
– flüchtig und gleichzeitig traurig –
im Herzen des hektischen Großstadtbewohners
(irgendwann nahm er unversehens Abschied von der
Jugend

und nun ist er müde vom Monat für Monat ablaufenden
Alltag)
wenn dieser Gedanke in mir auftaucht,
– flüchtig und gleichzeitig traurig –
dann ist dieser Gedanke mir so lieb,
ich mag ihn nicht aufgeben, und ich weiß doch, er ist
von Anfang an vergeblich,
dieser Gedanke,
wie auch all die anderen zahlreichen
unerfüllbaren Wünsche;
trotzdem,
mit jenen Augen
aus jungen Tagen,
da ich im Verborgenen liebte,
den Blick auf den schneeweißen Lampenschirm gerichtet,
gehe ich
allein und heimlich,
ohne meiner Frau etwas zu sagen,
mit heißem Herzen,
diesem Gedanken nach.

(11.)

Das Flugzeug

27. 6. 1911, Tōkyō

Sieh, wie auch heute wieder
hoch am blauen Himmel
das Flugzeug fliegt!

An einem seiner seltenen freien Sonntage
ist der Laufbursche
zu Hause allein mit seiner lungenkranken Mutter
und lernt eifrig aus dem Englisch-Lehrbuch
– in seinen Augen Erschöpfung.

Sieh, wie auch heute wieder
hoch am blauen Himmel
das Flugzeug fliegt!

Zerstören

Eines Morgens – ich lag halb wach, halb schlafend im Bett – hörte ich plötzlich einen ungeheuren Lärm. Ich riß die Augen auf.

In diesem Moment spürte ich, wie eine Kraft meine Seele und meinen Körper ganz und gar erfüllte. Es war ein Gefühl, das ich schon völlig vergessen hatte, der ich, von der Krankheit geschwächt, sogar Mühe hatte, aufzustehen und die Verandatür aufzuschieben. Und ich war, wenigstens einen Augenblick lang, kein Kranker mehr, war bereit, welch ungewöhnliche Dinge sich auch vor meinen Augen ereignen mochten, damit fertig zu werden, genauso geschickt und genauso mutig wie damals, als ich noch gesund war.

Aber dieser ungeheure Lärm – meinen schlafbenommenen Ohren schien es, als sei eine Bombe explodiert oder ein riesiges Gebäude auf einmal zusammengestürzt – war nichts weiter als das Geräusch, das von der Katze ausgelöst wurde, als sie, von einem Hund verfolgt, mit einem Satz auf das Geschirrbord in der Küche sprang, und daraufhin alles Porzellan, Tassen und Teller, herunterfiel und auf dem Boden zerschellte. Als ich das begriff, war ich enttäuscht: Was! Nichts weiter? Und ich legte den einen Moment lang hochgehobenen Kopf wieder zurück auf das Kissen.

Aber die Freude, mich in der eben empfundenen seelischen und körperlichen Anspannung vergewissert zu haben: Du hast noch genug Kraft um zu leben – diese Freude machte mein Herz so hell, wie es schon lange nicht mehr gewesen war. Auch daß ich, statt des Tag für Tag wiederholten spannungslosen Morgens, auf diese, jedenfalls vom Gewöhnlichen abweichende Art aufgewacht war, förderte diese Helligkeit noch um einiges. Und dieses unerwartete Ereignis wurde von meinem gerade erst erwachten, noch von keinerlei Gedanken getrübten Bewußtsein zunächst nicht als eine Katastrophe für unseren Haushalt, sondern als Komö-

die wahrgenommen. Mochten die aus der Küche herüberklingenden Worte, mit denen meine Mutter und meine Frau die Katze, die ja nichts von alledem verstand, ausschimpften, auch noch so ernst gemeint sein, auch noch so vernünftig sein, ich empfand dabei nur um so stärker die Komik der Situation. Mehrmals hätte ich fast laut losgelacht.
In mir kam plötzlich der Wunsch auf, das gleiche Geräusch wie vorhin noch einmal zu hören. Wie gut das tut, zu hören, wie etwas zerstört wird; wie gut das tut, etwas zu zerstören: dies Gefühl durchdrang mit der Frische eines nach tagelangem Regen hervorbrechenden Sonnenstrahls mein Gehirn. Mir fielen sofort mehrere ähnliche Erfahrungen ein. Besonders jene Situation vor sieben oder acht Jahren, als ich eine ungeöffnete Bierflasche von der Veranda aus auf einen Gartenstein schleuderte, kam mir lebhaft ins Gedächtnis zurück: die Flasche explodierte unter der plötzlichen starken Druckeinwirkung, und das Bier spritzte mit einem unbeschreiblichen kurzen, heftigen Knall weiß über den ganzen Garten hin. Darauf folgte der frische, zischende Laut, mit dem der Schaum verging. Ob ich danach je wieder ein solches Wonnegefühl empfunden habe?
Zerstören! Zerstören! schrie es in mir. Und mir war zumute wie einem kleinen Jungen, der seine Kameraden zu einer Schneeballschlacht ruft.
Aber wenige Minuten später lag ich, meiner Frau und meiner Tochter, die mich aufzuwecken gekommen waren, kaum Antwort gebend, auf dem Rücken, die Lippen zusammengepreßt, die Augen schmerzhaft nach oben verdreht, und hatte den immer gleichen qualvollen Kampf in meinem Gehirn durchzustehen. Zerstören! Samt und sonders alle Konventionen und Gewohnheiten meiner Umgebung zerstören! Wie viele Jahre ist es her, daß ich mir das vorgenommen habe. Einfach alles und jedes zerstören und mein eigenes neues Leben beginnen! Wie oft habe ich diesen Entschluß wiederholt. Aber je mehr ich mit den Armen um mich schlug, je mehr ich mit den Beinen zappelte, desto

tiefer sanken meine Füße in den Morast. Und jetzt bin ich so tief, tief eingesunken, daß selbst ich nicht mehr daran glaube, ich könnte je wieder hochkommen. Aber trotzdem vermochte ich bis jetzt nicht, jenes herzerquickende Vorhaben völlig aufzugeben.

Schließlich bin ich so weit gekommen, daran zu denken, statt alle anderen Dinge zu zerstören, entschlossen meinen eigenen, durch die Krankheit verfallenen Körper zu zerstören. Meine schmerzhaften Gedanken kommen immer wieder bei diesem Punkt an. Schwerfällig, mit meinem gewohnten trüben Gesichtsausdruck, kroch ich aus dem Bett.

(Abgeschlossen am 19. Januar 1912)

Anmerkungen

Elf Tanka

Die folgenden Tanka sind in der Reihenfolge ihrer Erstveröffentlichung bzw. ihrer Niederschrift geordnet. Ausgewählt wurden hier wie auch im Folgenden nur Tanka, mit deren Übersetzung der Übersetzer zufrieden war. So sind einige in Japan sehr bekannte Tanka herausgefallen, weil keine adäquate Übersetzung gefunden werden konnte.
Die Originaltexte waren in der frühen Zeit in der traditionellen einzeiligen Form geschrieben bzw. gedruckt, ab Ende 1910 wählte Takuboku eine dreizeilige Form, ab 1911 fügte er darüber hinaus auch gelegentlich die im traditionellen Tanka natürlich unübliche westliche Interpunktion hinzu. Die Übersetzung ignoriert diese Unterschiede und wählt durchgängig eine dem jeweiligen Textrhythmus angepaßte Zeileneinteilung, welche ein aufmerksames, nicht zu schnelles Lesen ermöglichen soll. Aus dem gleichen Grunde, aus dem Takuboku westliche Interpunktion in das Tanka einführte (nämlich um die konventionalisierte Lektüre zu verhindern), wurde in der Übersetzung durchgängig auf Zeichensetzung verzichtet.
Unter jedem Tanka ist der japanische Originaltext, und zwar in der jeweils letzten vom Autor zum Druck vorbereiteten Form, gegeben. Das heißt, daß bei Tanka, die in eine der beiden Tanka-Sammlungen aufgenommen wurden, die dort verwendete Zeileneinteilung durch Schrägstrich markiert wird, bei Tanka, die nur in Zeitschriften erschienen oder nur im Manuskript erhalten sind, die dort häufige einzeilige Form beibehalten wurde. Soweit bekannt, wurde das Datum der Niederschrift vermerkt; es folgt das Datum der Erstveröffentlichung. Hierbei verweisen Monat plus Jahr auf Veröffentlichung in einer Monatszeitschrift, Tag plus Monat plus Jahr auf Veröffentlichung in einer Tageszeitung. Es wurde jeweils vermerkt, ob das Tanka in eine der beiden Tanka-Sammlungen, »Eine Handvoll Sand« (Dezember 1910) oder »Trauriges Spielzeug« (Juni 1912), aufgenommen wurde.

Tagebuch, 7. bis 15. April 1909

Der hier übersetzte Abschnitt des Tagebuchs umfaßt etwa zwei Fünftel des allgemein als *Rōmaji nikki* (Tagebuch in lateinischer Schrift) bekannten Heftes, in welches Takuboku vom 7. April bis zum 17. Mai (mit

Nachträgen bis zum 16. Juni) täglich ausführliche Eintragungen niederschrieb. Die lateinische Schrift verhinderte, daß andere Personen (vor allem Takubokus Frau) das Tagebuch lesen konnten, war aber sicherlich gleichzeitig ein Mittel, um einen auf konventionelle Figuren verzichtenden Stil auszuprobieren. Das erhaltene Manuskript ist offensichtlich keine direkte Niederschrift, sondern – zumindest teilweise – die Reinschrift einer Überarbeitung: So schreibt Takuboku am zweiten Tag des Tagebuches, daß er gerade »dieses Heft« gekauft habe. Die Bezeichnungen der Wochentage sind auch im japanischen Original englisch.

21 *Meer von Tsugaru*: Das Meer zwischen der japanischen Hauptinsel und Hokkaidō. Takuboku hatte Mutter, Frau und Kind bei seinem Freund Miyazaki Ikuu in Hakodate auf Hokkaidō zurückgelassen.

21 *Tachibana Chieko*: Lehrerin an einer Grundschule in Hakodate, wo auch Takuboku im Jahre 1907 drei Monate lang als Aushilfslehrer beschäftigt war. Tachibana Chieko war damals 19 Jahre alt.

21 *Firma*: Gemeint ist der Verlag der Zeitung *Tōkyō Asahi shinbun*. Takuboku arbeitete seit dem 1. März 1909 als Korrektor bei dieser Zeitung. Sein Monatsgehalt betrug 25 Yen (bei Nachtarbeit erhielt er eine Zulage von 1 Yen pro Nacht). Zum Vergleich: der Chefredakteur erhielt 170 Yen, Natsume Sōseki, der als berühmter Schriftsteller die Literaturspalte betreute und regelmäßig Fortsetzungsromane schrieb, erhielt sogar 200 Yen.

22 *Hongō*: Stadtviertel in Tōkyō, in dessen Nähe Takuboku damals wohnte. In Hongō liegt das Gebäude der Universität Tōkyō.

22 *Kyōko*: Takubokus Tochter Kyōko wurde am 29. Dezember 1906 geboren. Sie war um diese Zeit also zwei Jahre alt.

23 *Kindaichi*: Kindaichi (gesprochen: Kinda-ichi) Kyōsuke (1882–1971), um diese Zeit der engste Freund Takubokus. Kindaichi studierte damals Sprachwissenschaft an der Universität Tōkyō. Er sollte später ein bedeutender Linguist und Ainu-Forscher werden.

23 *»Erzählungen von Turgenjew«*: Gemeint ist wahrscheinlich eine 1908 erschienene Auswahl aus Iwan Turgenjews Erzählungen (Übersetzer Yoshie Kogan). Turgenjew war bereits seit 1888 in Japan bekannt und übte einen außerordentlich großen Einfluß auf die Entwicklung der modernen japanischen Literatur aus.

30 *Koyakko*: Geisha in Kushiro (Hokkaidō), mit der Takuboku zeitweise verkehrte. »Tsubo Jinko« war ihr bürgerlicher Name. Mehrere Tanka in »Eine Handvoll Sand« beziehen sich auf sie.

30 *Herr Ozaki*: Ozaki Yukio (1857–1954), liberaler Politiker. Takuboku hatte, zweifellos aus strategischen Gründen, dem damaligen Bürgermeister von Tōkyō seine erste Gedichtsammlung »Sehnsucht« gewidmet.

30 *Hotta Hideko*: Kollegin Takubokus zu seiner Zeit als Lehrer in Shibutami.

30 *Chūō kōron*: Führende politisch-kulturelle Monatszeitschrift Japans (seit 1899 bis heute); das April-Heft 1909 brachte unter anderem Kurzgeschichten von Masamune Hakuchō und Mayama Seika, zwei naturalistischen Autoren.

36 *»Three of them«*: Maxim Gorkis Roman *Troje* (in Deutsch als »Drei Menschen« bekannt). Takuboku las offenbar die 1902 erschienene englische Übersetzung.

38 *Mitsuko*: Takubokus jüngere Schwester Miura Mitsuko (1888–1968) ging 1907 mit ihm nach Hokkaidō. Sie ließ sich dort taufen und wurde Mitglied der Methodistischen Kirche. Später heiratete sie einen Geistlichen und engagierte sich in der Sozialarbeit.

40 *Asakusa*: Traditionelles Geschäfts- und Vergnügungsviertel um den Tempel Sensōji, auf halbem Wege zwischen Takubokus Unterkunft und dem Fluß Sumidagawa, der Tōkyō in nordsüdlicher Richtung durchfließt.

40 *Yosano*: Der Dichter Yosano Tekkan (1873–1935, vgl. Nachwort), zusammen mit seiner Frau Akiko (1878–1942) zentrale Gestalt der Dichter-Gruppe Shinshisha (»Vereinigung für Neue Dichtung«), war Takubokus Mentor in Tōkyō seit seinem ersten Tōkyō-Besuch 1902. Während sich Takubokus Verhältnis zu Tekkan zusehends abkühlte, hielt die Hochachtung für Akiko, die wohl auch die größere poetische Begabung repräsentierte, erhalten.

40 *Hiraide*: Hiraide Shū (1878–1914), Tanka-Dichter und Advokat, sollte später einer der Verteidiger in der »Hochverratsaffäre« werden. Die Pan-Gesellschaft, benannt (in Anlehnung an die Berliner Zeitschrift *Pan*) nach dem griechischen Hirtengott, war eine lose Vereinigung von jungen Literaten und Künstlern, die durch ihre ästhetizistische und antinaturalistische Tendenz zusammengeführt wurden. Sie trafen sich zwischen 1908 und 1911 regelmäßig in Restaurants der Tōkyōter Altstadt. Der Teilnehmerkreis überschnitt sich mit dem Beiträgerkreis der Zeitschrift *Subaru*. So war der hier genannte junge Tanka-Dichter Yoshii Isamu (1886–1960) sowohl Teilnehmer der Pan-Gesellschaft als auch ein wichtiger Beiträger des *Subaru*.

42 *Arai*: Arai Kanji gründete im Mai 1909 die Zeitschrift *Ochiguri* (Ge-

fallene Kastanien), in welcher Takuboku einen Essay *Te o mitsutsu* (Meine Hände betrachtend) veröffentlichte.

43 *Geta*: Japanische Sandalen mit einer Holzsohle und zwei hölzernen Stegen darunter.

44 *Hirano*: Hirano Banri (1885–1947), Tanka-Dichter und wichtiger Beiträger sowohl des *Myōjō* als auch des *Subaru*.

45 *Mutter*: Ishikawa Katsu (1847–1912). Die Übersetzung des nachfolgenden Briefes versucht die sprachliche Unbeholfenheit des Originals wiederzugeben.

45 *Miyazaki*: Miyazaki Ikuu (1885–1962), Freund Takubokus in Hakodate, der Takuboku während der nächsten Jahre geistig und materiell unterstützte. Um diese Zeit sorgte er für Takubokus Familie, die dieser in Hakodate zurückgelassen hatte. Miyazaki heiratete im Oktober 1909 eine Schwester von Takubokus Frau. Takubokus erste Tanka-Sammlung »Eine Handvoll Sand« ist Kindaichi Kyōsuke und Miyazaki Ikuu gewidmet.

47 *Satō*: Satō Hokkō (1868–1914), um diese Zeit Redaktionsleiter der *Tōkyō Asahi shinbun*. Aus Morioka stammend, d. h. Landsmann Takubokus, hatte er Takubokus Einstellung als Korrektor entschieden und kümmerte sich auch in der Folgezeit immer wieder um den in Not geratenen Dichter.

47 *»Das Holzpferd«*: In Takubokus Nachlaß ist ein Erzählungsfragment mit diesem Titel erhalten. Der Held ist ein ansonsten mittelmäßiger Schüler, der sich im Turnunterricht durch seine Geschicklichkeit am Pferd auszeichnet.

49 *Nakajima*: Nakajima Kotō (1878–1946), Erzähler, Übersetzer und Kritiker; vermittelte den Druck von Takubokus Erzählung *Michi* (Der Weg) in der Zeitschrift *Shin shōsetsu*.

Zusammenhanglos in mir auftauchende Gefühle und Erinnerungen

Originaltitel: *Kiregire ni kokoro ni ukanda kanji to kaisō*; Erstveröffentlichung im Dezember 1909 in der Zeitschrift *Subaru*. Der lose aufgebaute Essay besteht aus vierzehn Abschnitten verschiedener Länge, von denen hier der erste, vierte, achte, elfte und dreizehnte übersetzt wurden. Die beiden letzten Abschnitte wurden dabei um Passagen gekürzt, die konkret auf die damalige literarische Szene Bezug nehmen. Die einzelnen Abschnitte umkreisen das Thema, ohne direkt aneinander anzuknüpfen, was vielleicht eine solche, stark in den Text eingreifende Übersetzungsweise rechtfertigt.

53 *Ginza*: damals ein relativ »modernes« Geschäftsviertel in der Altstadt Tōkyōs.

55 *Hasegawa Tenkei*: Führender Theoretiker des japanischen Naturalismus, dessen Artikel vor allem in den Jahren 1906 bis 1909 die Diskussion mitbestimmten (Lebensdaten: 1876–1940).

56 *Tayama*: Tayama Katai (1872–1930); führender Autor des japanischen Naturalismus, der mit seinen Erzählungen und Romanen gerade in dieser Zeit die Hauptentwicklungsrichtung des japanischen Naturalismus markierte: hin zu bekenntnishafter Darstellung der privaten Wahrheit des Autors und weg vom analysierenden Erfassen der gesellschaftlichen Realität.

Drei Gedichte

Originaltitel: *Okiru na; Kotoarige no haru no yūgure; Kobushi.* Diese drei Gedichte wurden (zusammen mit zwei weiteren Gedichten) unter dem Obertitel *Kokoro no sugata na kenkyū* (Studien zur Gestalt des Herzens) vom 12. bis 20. Dezember 1909 in der Zeitung *Tōkyō Asahi shinbun* veröffentlicht.

60 *Krieg*: Das Jahr 1909 sah unter anderem die steigenden Spannungen zwischen Österreich und Serbien um Bosnien-Herzegowina, den Einmarsch russischer Truppen in Persien, die von den USA erzwungene »Unabhängigkeit« von Panama und die Massaker an Armeniern in der Türkei.

60 *Demonstrantinnen*: Takuboku bezieht sich wahrscheinlich auf die

Suffragetten-Bewegung in England, welche um diese Zeit gerade auf ihrem Höhepunkt war.

60 *Albatrosse*: Anklang an Baudelaires Gedicht *L'albatros*, welches Takuboku zweifellos durch Ueda Bins berühmte Übersetzung (1905) kannte.

Siebenundzwanzig Tanka

Nachdem Takuboku zwischen Mai 1909 und März 1910 keine Tanka veröffentlicht hatte, begann ab 10. März wieder ein stetiger Strom von Tanka Takubokus in Zeitungen und Zeitschriften zu erscheinen. Takuboku faßte die zwischen 1908 und 1910 entstandenen Tanka in der Dezember 1910 erschienenen Sammlung *Ichiaku no suna* (Eine Handvoll Sand) zusammen. Die Sammlung umfaßt insgesamt 551 Tanka. Am 29. Oktober 1910 starb Takubokus Sohn Shin'ichi, drei Wochen nach seiner Geburt. Am Abend dieses Tages erhielt Takuboku die ersten Korrekturfahnen des Druckes.

Das Glasfenster

Originaltitel: *Garasumado*; erschienen Juni 1910 in der Zeitschrift *Shin shōsetsu*. Der Essay ist in drei große Abschnitte eingeteilt, die in sich wiederum lose konstruiert sind. In der Übersetzung wurde die zweite Hälfte des mittleren Abschnittes, welche viele Bezüge auf die zeitgenössische literarische Szene enthält, fortgelassen.

Sehnsucht nach dem Landleben

Originaltitel: *Den'en no shibo*. Der Artikel erschien am 25. November 1910 im ersten Heft der neu gegründeten Zeitschrift *Den'en* (Landleben).

97 *Deutscher Autor*: Gemeint ist Gustav Frenssen, dessen Roman *Jörn Uhl* (1901) zeitweise im deutschen Bildungsbürgertum hochgeschätzt war und während der Nazi-Zeit als Vorläufer der Blut-und-Boden-Literatur angesehen wurde. In Japan wurde der Roman von dem Germanisten Katayama Koson 1906 vorgestellt, worauf sich Takuboku hier wohl bezieht.

Trauriges Spielzeug

Der vorliegende Text ist der letzte Teil eines fünfteiligen Essays, welcher vom 10. bis zum 20. Dezember 1910 in der Zeitung *Tōkyō Asahi shinbun* erschien und *Uta no iroiro* (»Verschiedenes zum Tanka« – Takuboku gebraucht hier das ältere Wort *uta* für *tanka*) überschrieben ist. Die einzelnen Teile tragen keine eigenen Überschriften. Die Überschrift der Übersetzung wurde vom Übersetzer ergänzt.

Fünfzehn Tanka

Während des Jahres 1911 veröffentlichte Takuboku weiterhin zahlreiche Tanka. Wegen seiner Krankheit brechen die Veröffentlichungen jedoch im September 1911 ab. Takuboku stellte seine späten Tanka selbst zu einem Band zusammen, dem er den Titel »Nach ›Eine Handvoll Sand‹« gab. Den Druckauftrag erteilte Takuboku eine Woche vor seinem Tode durch seinen Freund Toki Aika (später: Toki Zenmaro). Dieser änderte nach Takubokus Tod den Titel der Sammlung in *Kanashiki gangu* (Trauriges Spielzeug), womit er sich auf die oben übersetzte Passage aus *Uta no iroiro* bezieht. Dieser Band enthielt neben 194 Tanka auch den erwähnten Essay und den Dialog *Ichi rikoshugisha to yūjin to no taiwa* (Dialog zwischen einem Egoisten und seinem Freund).

Nach einer endlosen Diskussion

Von dem folgenden Gedichtzyklus liegen drei Fassungen vor: die erste als Handschrift, die zweite als Druck (Juli 1911 in der Zeitschrift *Sōsaku*), die dritte wieder als Handschrift. Die drei Fassungen unterscheiden sich vor allem im Umfang, d. h. in der Zahl der aufgenommenen Gedichte. Die Textvarianten sind demgegenüber geringfügiger. Von den insgesamt elf Gedichten finden sich sechs (Nr. 2 bis 7) in allen drei Fassungen, drei (Nr. 1, 8, 9) nur in der ersten, zwei (Nr. 10, 11) nur in der dritten Fassung. Nur in der dritten Fassung tragen die Gedichte Titel, in den beiden früheren Fassungen sind die Gedichte numeriert. In der ersten und dritten Fassung tragen die Gedichte Daten (in westlicher Zeitrechnung!).
Wenn hier in der Übersetzung durch einfache Addition eine synthetische Fassung geschaffen wird, die Takuboku so nie veröffentlicht hat, so bedarf das einer Begründung: alle drei Fassungen sind innerhalb von nur

drei Wochen im Juli 1911 entstanden. Trotz des Wechsels des Gesamttitels zwischen der zweiten und der dritten Fassung handelt es sich offensichtlich um die Fortentwicklung eines Konzeptes und eines Themas. Die Übersetzung will diesen Prozeß sichtbar machen, indem sie alle Texte aller Fassungen addiert und ihren jeweiligen »Ort« kennzeichnet. Während der Titel der ersten und zweiten Fassung, *Hateshinaki giron no ato*, welcher in der Übersetzung als Gesamttitel gewählt wurde, keine Probleme aufgibt (er bezieht sich auf ein Kropotkin-Zitat; vgl. die Anmerkung zum zweiten Gedicht), ist der Titel der dritten Fassung kaum zu übersetzen: *Yobiko to kuchibue* lautet wörtlich übersetzt: »Signalpfeife und Mit-dem-Munde-Pfeifen«. Eine »Signalpfeife« kommt in Gedicht Nr. 8 vor, und in Gedicht Nr. 7 wird mit dem Munde gepfiffen. Die Interpretation dieser Titelgebung bleibt sehr schwierig. Die Implikationen, die die beiden Wörter an den betreffenden Stellen haben, rechtfertigt vielleicht eine Übersetzung des Titels mit »Flucht und Traum«. Wegen der Unsicherheit dieser Übersetzung wird hier – entgegen der japanischen Gewohnheit – der Titel der früheren Fassungen als Gesamttitel gewählt, zumal er ja auch der Titel der einzigen von Takuboku tatsächlich veröffentlichten Fassung ist.

Zu den einzelnen Gedichten:
(1.) Dieses Gedicht findet sich nur in der ersten Fassung. Es fehlt in der gedruckten Fassung und wurde auch nicht in die dritte Fassung aufgenommen. Es wurde erst 1939 in den ersten »Gesammelten Werken« des Dichters veröffentlicht.
»Wüstes Feld« als Bild für den eigenen inneren Zustand findet sich auch in dem Tanka S. 107.
Das Ausklingen des Gedichtes mit einer Konjunktion (jedoch/allerdings), d. h. ein Abbruch mitten im Satz, findet sich in ähnlicher Funktion auch in dem Tanka S. 119.

(2.) Das Gedicht ist in allen drei Fassungen enthalten. In der dritten Fassung finden sich in der dritten Strophe einige Veränderungen gegenüber den beiden früheren Fassungen. Die Übersetzung folgt der dritten Fassung.
Nach einer endlosen Diskussion bezieht sich eindeutig auf folgende Passage in Kropotkins Autobiographie: »In jeder russischen Stadt, in jedem Viertel Petersburgs bildeten sich kleine Gruppen zum Zwecke der Selbstbildung und des Selbstunterrichts. Man las in diesen Kreisen mit großer Aufmerksamkeit philosophische und volkswirtschaftliche Werke wie die Forschungsergebnisse der jungrussischen Schule, und an

das Lesen schlossen sich endlose Besprechungen an (im englischen Original: . . . *and the reading was followed by endless discussions*), deren Ziel die Lösung der großen ihnen immer vor Augen schwebenden Frage war: ›Wie können wir uns der großen Masse nützlich erweisen?‹ Allmählich kamen sie zu der Überzeugung, das einzige Mittel wäre, sich unter dem Volke niederzulassen und am Leben des Volkes unmittelbar teilzunehmen.« (P. Kropotkin: Memoiren eines Revolutionärs. Übers. M. Pannwitz. Frankfurt a. M. 1969, S. 355)

V narod: In der zweiten (gedruckten) Fassung gibt Takuboku eine englische Fußnote zu dem russischen *v narod*: »To the People, be the People«. Er bezieht sich hiermit offensichtlich auf Kropotkins Autobiographie »Memoires of a Revolutionist«, welche er während seines Krankenhausaufenthaltes im Februar 1911 las. *V narod* (»ins Volk!«) war der Ruf der russischen revolutionären Bewegung, der sogenannten Narodniki, in den siebziger Jahren des 19. Jahrhunderts.

. . . *was zu tun ist* nimmt wahrscheinlich den Titel von Tschernyschewskis Roman *Čto delat'?* (Was tun?, 1863) auf, den Takuboku durch Kropotkins Darstellung kannte.

Jugend: Der Bezug auf die »Jugend« wurde möglicherweise durch die Lektüre von Kropotkins *Aux Jeunes Gens* (»An die Jugend«) angeregt. Takuboku erhielt am 4. Januar von einem Bekannten ein Exemplar einer illegal in Amerika gedruckten japanischen Übersetzung zugeschickt.

(3.) Das Gedicht findet sich in allen drei Fassungen des Zyklus, konnte damals also – trotz seiner radikalen Aussage – veröffentlicht werden.

Gleichzeitig mit diesem Gedicht veröffentlichte Takuboku in einer anderen Zeitschrift das auf S. 117 übersetzte Tanka (was dort mit »Gedanken« wiedergegeben wurde, ist das gleiche japanische Wort wie »Herz« in dem vorliegenden Gedicht).

Zur Frage der Gewalt notiert Takuboku in dem Manuskript *A Letter from Prison* (Abschrift eines Briefes von Kōtoku Shūsui mit Kommentaren von Takuboku; nur der Titel ist englisch!):

»Auf die Frage, warum unter den alle Gewalt ablehnenden Anarchisten häufig Terrorismus aufkommt, antwortet Kropotkin etwa folgendermaßen: Leidenschaftlich aufrichtige, mutige Menschen geben sich nicht mit Worten allein zufrieden; sie werden immer versuchen, die Worte in Taten zu übersetzen. Zwischen Worten und Taten verschwindet dann die Trennung fast ganz. Deshalb kommt es vor, daß sie gegenüber denen, die Gewaltherrschaft und Unterdrückung gegenüber dem Volke ausüben und die keinerlei Bereitschaft zur Selbstkritik zeigen, sich nicht mehr damit zufrieden geben können, nur mit Worten an sie zu appellieren. Vor allem wenn ihnen sogar diese Worte verboten werden, treten notwendigerweise Leute auf, die Taten an die Stelle von Worten zu setzen versuchen.«

(4.) Das Gedicht findet sich in allen drei Fassungen. Die Textvarianten sind unwesentlich. In der ersten und zweiten Fassung steht dieses Gedicht hinter dem hier folgenden.
Vorbild für N war wahrscheinlich Takubokus Freund Maruya Kiichi, der damals in Tōkyō Ökonomie studierte. Maruya schrieb später zu diesem Gedicht folgendes: »Mir wurde von an Takuboku interessierten Leuten die ernsthafte und erstaunliche Frage gestellt: ›Was war das für eine geheime Gruppe, zu der Takuboku als wichtiges Mitglied gehörte?‹ Denn in seinen Werken, besonders in seinen Gedichten, gibt es Passagen, die an die Existenz einer solchen Gruppe denken lassen. Wenn ich ihnen dann sagte, eine solche Gruppe habe es nicht gegeben, wollten sie es mir einfach nicht glauben.«

(5.) Das Gedicht findet sich in allen drei Fassungen. Die Varianten sind nur orthographischer Natur.
Für »ausländisches Buch« verwendet der Autor einen Ausdruck, der den exotischen Charakter des Buches betont. Auch Wein war damals in Japan ein exotisches Getränk.
Die refrainartige Zeile am Anfang und Ende des Gedichtes erinnert an ein Tanka Takubokus von Oktober 1910: »Die mutlosen Frauen dieses Landes Japan verfluchend, in einer Herbstnacht.«

(6.) Das Gedicht findet sich in allen drei Fassungen des Zyklus. Bei diesem Gedicht sind allerdings die größten Abweichungen der einzelnen Versionen voneinander zu verzeichnen: Die sechste Strophe (mit dem Bezug auf Bakunin) und die vorletzte Strophe finden sich nur in der hier übersetzten dritten Fassung.
In Takubokus Bekanntenkreis gab es keine Arbeiter. Das Bild des Arbeiters, das der Autor hier zeichnet, beruht wohl im Wesentlichen auf der Lektüre von Kropotkins Autobiographie, wie ja auch der direkte Bezug auf die Anarchisten im Schweizer Jura nahelegt.
Eine bildliche Anregung erfolgte möglicherweise durch die Plastik »Der Arbeiter« des japanischen Bildhauers Ogiwara Morie, die Takuboku im November 1909 auf einer Ausstellung sah und von der er sehr beeindruckt war.

(7.) Das Gedicht findet sich (mit völlig identischem Text) in allen drei Fassungen.
Bücher, die in diesem Lande verboten sind: Vom Jahre 1908 an häuften sich in Japan die Verbote von unerwünschter Literatur. In Takubokus Nachlaß fand sich eine umfangreiche Sammlung sozialistischer Literatur. Vgl. hierzu auch das Tanka auf S. 78.

(8.) Das Gedicht findet sich nur in der ersten Fassung des Zyklus. Ein Grund für den Ausschluß war möglicherweise die große Ähnlichkeit einzelner Passagen dieses Gedichtes mit einem Gedicht von Takubokus Freund Kitahara Hakushū.

(9.) Das Gedicht findet sich nur in der ersten Version des Zyklus. Es hat als einziges keine Datumsangabe, ist aber wohl – wie das vorangegangene – am 17. Juni oder wenig später niedergeschrieben worden.
Von Karl Marx' *Kapital* lag damals noch keine japanische Übersetzung vor (die erste Übersetzung erschien 1927/28: Der Freund quälte sich also wahrscheinlich mit einer englischen Übersetzung). Allerdings hatte der japanische Sozialist Yamakawa Hitoshi bereits 1907 in einer Zeitschrift eine ausführliche Einführung in Band 1 des *Kapital* veröffentlicht. Eben diesen Artikel Yamakawas besorgte sich Takuboku und schrieb ihn (wohl im Jahre 1911) vollständig ab. Das Manuskript ist in Takubokus Nachlaß erhalten.

(10.) Das Gedicht findet sich nur in der dritten Fassung des Zyklus. Wie alle Gedichte in dieser Fassung, trägt es die Datumsangabe (zusammen mit der Ortsangabe »Tōkyō«) am Anfang. Die Übersetzung folgt hierin dem Manuskript.

(11.) Auch dieses letzte Gedicht des Zyklus findet sich nur in der dritten Fassung.
Der erste Flugversuch eines Flugzeuges in Japan fand am 14. Dezember 1910 statt. Im Februar 1911 wurde in der Nähe Tōkyōs ein Flugfeld eingerichtet. Als Takuboku das Gedicht schrieb, war das Fliegen also noch kaum über die ersten Stufen des Experimentierens hinausgekommen, und ein Flugzeug war keineswegs ein alltäglicher Anblick.

Zerstören

Originaltitel: *Hakai*. Dieser Text wurde von Takuboku 1912 auf dem Krankenbett geschrieben. Takuboku, der vom Herausgeber der Zeitschrift *Gakusei* Geld als Vorauszahlung auf ein künftiges Honorar geliehen hatte, schrieb diesen und drei weitere kurze Texte unter Fieber (im Tagebuch vermerkt er, daß er mit Mühe täglich zehn Zeilen schreibe), um seine Schulden abzutragen, und schickte die vier Texte unter dem Obertitel *Byōshitsu yori* (»Aus dem Krankenzimmer«) an die Zeitschrift. Dort wurden die Texte zu seinen Lebzeiten nicht veröffentlicht. Das vorliegende Prosastück, das letzte der Reihe, ist auch der letzte von Takuboku für die Veröffentlichung vorbereitete Text. Takuboku starb weniger als drei Monate später.

Nachwort

Ishikawa Takuboku ist der wohl populärste Lyriker des modernen Japan. Gedichte Takubokus sind fester Bestandteil der Schulbücher, ganz Japan ist buchstäblich übersät mit Denkmälern für diesen Dichter, und es ist schwer, einen Japaner zu finden, der kein einziges von Takubokus Kurzgedichten auswendig aufsagen kann.

Es lassen sich mehrere Gründe für diese Popularität nennen: die scheinbare Eindeutigkeit seines nicht zu umfangreichen Werkes; die kurze, leicht zugängliche Form eines wichtigen Teils seines lyrischen Schaffens; auch die Biographie des Autors, der wie kaum ein anderer dem auch im modernen Japan einflußreichen romantischen Dichterbild entspricht (genial, arm, krank, früh gestorben). Am gewichtigsten ist jedoch, daß er die Erfahrung von Millionen von Japanern in vollkommener, bleibender und für breite Teile des Volkes verständlicher Form ausgesprochen hat: Die Einsamkeit der Stadt, die Sehnsucht nach der Heimat, die kleinbürgerlichen Frustrationen. Er spricht vielen Japanern »aus dem Herzen«.

Erkauft ist diese Popularität jedoch (ähnlich wie ehemals bei Heine im deutschen Sprachraum) mit einer Verkürzung der Wahrnehmung. Denn Takuboku ist weit mehr als ein Heimatdichter oder Produzent leicht verdaulicher Alltagslyrik. Er war auch einer der schärfsten Kritiker seiner Zeit, ein Schriftsteller, der während der letzten vier oder fünf Jahre seines Lebens in einer ungeheuren Kraftanstrengung und in selbstzerstörerischer Radikalität einen Weg zurücklegte, auf dem ihm andere erst Jahrzehnte nach seinem Tod folgen sollten. Diese Seite Takubokus (als Kritiker seiner Zeit) war zu seinen Lebzeiten weniger bekannt, zumal wichtige Texte erst posthum veröffentlicht wurden. Sie war manchen späteren Lesern jedoch durchaus bewußt und wurde, vor allem nach dem zweiten Weltkrieg, intensiv diskutiert. Das Bild des armen, heimwehkranken Dichters blieb gleichwohl immer im Vordergrund und bestimmte vor allem die populäre Rezeption. Aber erst wenn die scheinbar leicht verständlichen Kurzgedichte und die anderen Texte (vor allem die kritische Prosa und die längeren Gedichte) des Autors in ihrem Zusammenhang gesehen werden, wird der ganze Autor sichtbar, erst dann gewinnen die das populäre Verständnis bestimmenden Kurzgedichte, von denen über dreitausend erhalten sind, das Gewicht, das ihnen zukommt.

Ishikawa Hajime, der sich später Takuboku[1] nannte, wurde am 20. Februar 1886 in einem Dorf der Präfektur Iwate in Nordjapan geboren, einer ärmlichen Gegend, die zudem weit entfernt ist von den kulturellen Zentren des modernen Japan (Tōkyō) wie auch der klassischen Zeit (Kyōto). Die Geburt liegt fast zwei Jahrzehnte nach der »Meiji-Restauration« (1868), welche formal die Kaiserherrschaft wiederherstellte, tatsächlich jedoch in wenigen Jahren das Feudalsystem abschaffte und Japan mit unerhörter Geschwindigkeit in einen modernen zentralistischen Industriestaat verwandelte. Diese von oben her durchgeführte »bürgerliche Revolution« fand ihren vorläufigen Abschluß mit dem Erlaß einer Verfassung 1889 (als Geschenk des Kaisers an sein Volk) und der Eröffnung eines Parlamentes 1890. Takuboku wuchs also in der neuen Zeit auf. Das Feudalsystem war ferne Vergangenheit.

So scheint es auch kaum von Bedeutung gewesen zu sein, daß er als Sohn eines Zen-Priesters geboren wurde und in einem buddhistischen Tempel im Dorf Shibutami (dieses in der Nähe seines Geburtsortes liegende Dorf gilt als die eigentliche Heimat Takubokus) aufwuchs. Die entscheidende Prägung erhielt er eher in der Schule, durch die Literatur und später durch das Leben in Hokkaidō und Tōkyō. Nach der vierjährigen Grundschule wurde der Junge 1895 (dem Jahr des Sieges Japans über China) in die naheliegende Präfekturhauptstadt, Morioka, geschickt, wo er bei einem Onkel wohnte und die sogenannte Höhere Grundschule besuchte (die Schulpflicht dauerte damals nur vier Jahre), um anschließend ab 1898 die Mittelschule zu besuchen.

Mit dem Besuch einer Mittelschule, von der der Weg zu diversen Fachschulen oder zur Universität weiterführte), gehörte man damals bereits zu denjenigen, die sich auf eine »Karriere« in der neuen Gesellschaft vorbereiteten. Als Takuboku in die Schule eintrat, besuchten drei spätere Minister und ein späterer Ministerpräsident die Schule und einer, der diese Schule bereits vor längerer Zeit durchlaufen hatte, Hara Takashi, machte damals gerade Karriere und wurde noch während Takubokus Schulzeit Transportminister (er sollte später, 1918, der erste bürgerliche Ministerpräsident Japans werden), was natürlich seinen Glanz zurück auf die Heimatschule warf. Die Leistungen Takubokus, der mit guten Ergebnissen die Aufnahmeprüfung bestanden hatte, fielen jedoch während der Schulzeit kontinuierlich ab, so daß sich sein Weg bereits hier endgültig von dem der Meiji-Erfolgsmenschen abzweigte. Hierfür gab es zwei Gründe: die Liebe und die Literatur. 1899, d.h. mit 13 Jahren, lernte Takuboku die gleichaltrige Horiai Setsuko kennen, und es entwickelte sich eine leidenschaftliche Beziehung mit dem intelligenten und literarisch wie musikalisch begabten Mädchen, welches damals eine christliche Mädchenschule besuchte. Ironischerweise spielte ein gewisser Oikawa Koshirō, später während des Zweiten Weltkrieges zeitweise Marineminister Japans, eine Rolle in Takubokus Wende von militärischen Träumen (dies waren die Träume vieler Jungen nach dem Chinesisch-japanischen Krieg) zur Literatur. Durch Oikawa lernte er unter anderem Kindaichi Kyōsuke, den späteren Linguisten und Ainu-Forscher, kennen, der sein lebenslanger Freund werden sollte.

Die weite Verbreitung der traditionellen Gedichtformen Haiku und Tanka im Volke war schon für die Feudalzeit charakteristisch gewesen; mit der Moderne und der explosionsartigen Ausweitung der Bildungschancen in den achtziger und neunziger Jahren wurde auch der Zugang zur Literatur ausgeweitet. In vielen Mittelschulen und Gymnasien gab es literarische Klubs, die oft eigene kleine Zeitschriften produzierten, in welchen sich angehende Schriftsteller üben konnten. Hinzu kamen die sich seit etwa 1890 sprunghaft vermehrenden kommerziellen Zeitschriften im Zentrum Tōkyō sowie zentrale und regionale Zeitungen. All diese Publikationsorgane druckten Gedichte von Lesern (meist im Rahmen regelmäßiger Wettbewerbe unter der Anleitung bekannter Dichter).

Im September 1901, also mit 15 Jahren, veröffentlichte Takuboku seine ersten Kurzgedichte in der Zeitschrift der Tanka-Dichtergruppe seiner Schule, im Dezember darauf auch in der örtlichen Zeitung. Hiermit schloß sich Takuboku gleichzeitig einer über 1000jährigen Tradition und einer gerade zu dieser Zeit neuen literarischen Strömung an.

Das Tanka (»Kurzes Lied«), früher auch *waka* (»Japanisches Lied«) oder einfach *uta* (»Lied«) genannt, ist die zentrale lyrische Form Japans. Selbst das im Ausland bekanntere Haiku ist eine im 16./17. Jahrhundert aus der Tanka-Praxis entwickelte Nebenform. Das Tanka selbst kann auf eine über tausendjährige Geschichte zurückblicken. Traditionell werden seine Ursprünge in die Mythologie zurückverlegt, tatsächlich stammen die ältesten datierbaren Tanka jedoch aus dem 7. Jahrhundert. Die anfangs noch starke Konkurrenz längerer Gedichtformen trat immer weiter zurück, so daß ab dem 9. Jahrhundert das Tanka – neben dem importierten chinesischen Gedicht – fast allein das Feld beherrschte, so sehr, daß zunächst auch alle erzählende Prosa von Tanka durchsetzt war. Das Tanka wurde mit japanischer Kultur an sich gleichgesetzt und das Dichten von Tanka als der »Weg Japans« (*shikishima no michi*) bezeichnet. Auch wenn dieser »Weg« historisch großen Veränderungen unterworfen war, blieb doch das Tanka die »erste« Form, nicht nur in bezug auf ihr gesellschaftliches Ansehen (der Kaiserhof pflegte diese Form in zeremonieller Erstarrung), sondern auch als die Form, über die Japaner zum ersten Mal mit Literatur in Berührung kamen. Die immense Popularität des Tanka und die astronomischen Quantitäten, in denen diese Gedichte produziert wurden und bis in die Gegenwart produziert werden, führten natürlich zu Abnützungserscheinungen, zur endlosen Nachahmung gegebener Vorbilder. Dies wurde noch verstärkt durch die Bindung dieser Tradition an feudale Lehrer-Schüler-Beziehungen.

Hiergegen erhoben sich immer wieder Reformbestrebungen. Vor allem die Konfrontation mit westlicher Lyrik (die ja nicht nur eine Konfrontation mit westlicher Literatur, sondern auch mit westlichen Lebensformen, westlicher Wissenschaft und westlichen Kanonen war) nach 1868 zwang die Tanka-Dichtung zu einer Wende. Westliche Lyrik war seit den frühen achtziger Jahren bekannt geworden, wobei sich die Reaktion zunächst auf gelehrte Übersetzungen (vor allem von englischen Gedichten der Romantik und der Viktorianischen Zeit) beschränkte. Erst in den neunziger Jahren gab es Zeichen für eine schöpferische Aneignung der neuen Formen. Nachdem man zu Anfang noch (vergeblich) versucht hatte, den europäischen Endreim einzuführen, griff man später wieder auf silbenzählende Metren zurück (nicht nur auf die Standardfolge 5–7) und verband diese mit den westlichen Strophenformen und rhetorischen Verfahren. Interessant ist, daß man hierbei als Namen für diese in Nachahmung westlicher Form entstandene neue Dichtung das gleiche Wort benützte, das auch als Name für die chinesische Lyrik gebraucht wurde: *shi.* Man sah also Gemeinsamkeiten zwischen traditioneller chinesischer Lyrik und neuer westlicher Lyrik, nicht jedoch zwischen letzterer und der traditionellen japanischen Lyrik. Das Gemeinsame, das man zwischen chinesischer und westlicher Lyrik sah, waren wohl bestimmte ähnliche poetische Verfahren (wie der Parallelismus und die Strophengliederung) und die durch die größere Länge gegebene Möglichkeit, erzählende und philosophi-

sche Inhalte aufzunehmen. Demgegenüber erschien das 31silbige Tanka zunächst als »arm«, ja als »unterentwickelt« und geriet vorübergehend fast ganz aus dem Gesichtsfeld der jungen Intelligenz. Das Tanka blieb gleichwohl eine populäre Form und Übungsfeld für literarische Anfänger.
Auf Dauer konnte das Tanka sich jedoch nicht von den neuen Entwicklungen abschotten. Nach ersten Ansätzen Ende der achtziger Jahre wurde die Diskussion kurz vor der Jahrhundertwende lebhafter. Die Kritik am traditionellen Tanka konzentrierte sich auf die Fesselung durch konventionelle Themen (das Quartett »Blumen-Vögel-Wind-Mond«), die starre Form (31 Silben in der Folge 5-7-5-7-7) und die alte Sprache (weitgehend unverändert die Sprache des 9.–12. Jahrhunderts). Einer derjenigen, der diese Fesseln zu zerreißen versuchte, war Yosano Tekkan, welcher zeitweise zum Mentor Takubokus werden sollte.
Tekkan wandte sich zunächst gegen den »schwächlichen« Ton der konventionellen Tanka, den er als »unpatriotisch«, d.h. ohne Bezug zu den großen Fragen der Zeit bezeichnete. Sodann versuchte er, die (bis heute bestehende) Mauer zwischen den beiden Traditionen Tanka und Shi einzureißen: Er führte westliche Interpunktion in das Tanka ein und schrieb es in zwei Zeilen, womit es ein kleines »Shi« wurde. Provozierend mischte er von seiner ersten Gedichtsammlung 1896 an Tanka und Shi, so daß die beiden Gedichtformen vor einander bestehen mußten. Konsequenterweise nannte er die von ihm 1899 gegründete Dichtervereinigung dann auch einfach »Shinshisha« (Vereinigung Neues Gedicht), wobei Shi als zusammenfassende Bezeichnung für Gedichte der verschiedenen Traditionen stand. Stilistisch nahm er Anregungen der europäischen Romantik und zunehmend auch des Symbolismus auf. Durch die von ihm 1900 gegründete Zeitschrift *Myōjō* (»Der Morgenstern«) übte er zeitweise einen beherrschenden Einfluß auf die Entwicklung der Tanka, aber auch auf die allgemeine literarische Entwicklung aus.

Hier berührte sich auch Takubokus Leben mit der aktuellen literarischen Entwicklung. Im Oktober 1902 erschien das erste Tanka Takubokus im *Myōjō*, und Takuboku blieb dieser Zeitschrift bis zu ihrem Ende 1908 verbunden. Im Dezember 1903 veröffentlichte er die ersten fünf Shi im *Myōjō*, um bald ganz mit dem Tanka-Dichten aufzuhören. Die Shi belegen eine erstaunliche Beherrschung des Myōjō-Stiles. Als Beispiel für diese mit einem dichten Symbol- und Anspielungsgeflecht und kostbarem Wortmaterial arbeitende (man könnte auch sagen: schwülstige) Schreibweise sei die erste Hälfte eines jener fünf Gedichte zitiert, welche zum erste Mal mit dem in der Folge am häufigsten gebrauchten Schriftstellernamen »Takuboku« (»Der Specht«) signiert sind. Das Gedicht selbst trägt den Titel »Der Specht«:

O Grün, gefärbt von jenem grenzenlosen Klang,
den einst der Weise von Athen
aus jener großen Glocke, gegossen im Feuer
nie verlöschender himmlischer Liebe, schlug,
du bist wahrhaftig der Seele Wohnstatt!
Hört! Soll etwa jetzt der Wirbelwind
des Weltstaubs, der durch die Straßen keucht,
die heil'ge Reinheit jenes Waldgeists, aus dem,
sich stets verjüngend, Leben quillt,
bedrohen? – so warnt den ganzen Tag hindurch
der Specht, von Stamm zu Stamm das Mark
der Sommerbäume klopfend.[2]

Später (1909) erinnerte sich Takuboku folgendermaßen an diese Zeit: »Es gab einmal eine Zeit, da auch ich Gedichte schrieb. Das war von meinem siebzehnten oder achtzehnten Lebensjahr an zwei oder drei Jahre lang der Fall. Von morgens bis abends fand mein unerklärliches Gefühl der Sehnsucht nur in diesem Gedichteschreiben eine gewisse Möglichkeit des Ausdrucks. Und außer diesem Gefühl besaß ich nichts. – Die damaligen Gedichte bestanden, wie allgemein bekannt, aus leeren Phantasien und kindischer Musikalität sowie einem schwächlichen religiösen Element (oder so etwas ähnlichem) und außerdem aus lauter traditionellen Gefühlen. Blicke ich zurück auf meine damalige Haltung beim Gedichteschreiben, so möchte ich eines sagen: daß es einer ziemlich verwickelten Prozedur bedurfte, um ein reales Gefühl in ein Gedicht zu verwandeln. Nehmen wir an, ich sah einen etwa drei Meter hohen Baum auf einem von der Sonne beschienenen kleinen, freien Platz stehen und empfand etwas dabei. So mußte ich aus dem Platze eine weite Ebene machen, das Bäumchen in einen großen Baum verwandeln, die Sonne zur Morgensonne oder zur Abendsonne erklären. Nicht nur das: Ich mußte mich selbst, der ich das sah, zu einem Dichter machen, oder zu einem Wanderer, mußte mich in einen jungen trauernden Menschen verwandeln. Sonst entsprach das Gefühl nicht dem Stil der damaligen Gedichte, und ich selbst war auch nicht damit zufrieden.«[3]

Zunächst aber veröffentlichte Takuboku eine große Zahl von Shi in der Zeitschrift *Myōjō* (und bewies dabei, wie meisterhaft er jene »verwickelte Prozedur« beherrschte), daneben einige (immer weniger) Tanka und Essays, um schließlich seine Shi im Mai 1905 in einem Band mit dem Titel *Akogare* (»Sehnsucht«) zusammenzufassen. Mit dieser Gedichtsammlung war Takuboku in den inneren Kreis der neuen Literatur in Tōkyō getreten, auch wenn ihm dies kein festes Einkommen bescherte und nichts änderte an seiner Unfähigkeit, sein Alltagsleben zu organisieren.

Dieses hatte bereits 1902 eine katastrophale Wendung genommen. Takubokus schulische Leistungen fielen kontinuierlich ab, so daß er bei den regelmäßigen Prüfungen zum Mogeln gezwungen war, was – vier Monate vor dem Abschluß der Mittelschule – zum Verweis von der Schule führte. Takuboku versuchte, das Unglück in einen neuen Anfang zu wenden. Wenige Tage nach dem Ende seiner Schulzeit, am 30. Oktober 1902, brach er (um diese Zeit gerade 16 Jahre alt) auf in Richtung Tōkyō. Das Tagebuch, welches er von diesem Tag an führte, beginnt pathetisch hochgestimmt: »So öffnet sich nun der Weg vor mir. So beginne ich nun die Gestalt der Hoffnung zu suchen. O denkwürdiger Aufbruch!«[4] In Tōkyō traf er Yosano Tekkan und dessen Frau Akiko und nahm an ihren Tanka-Abenden (d. h. gemeinsamem Dichten zu vorgegebenen Themen) teil. Versuche, eine Schule zu finden, an der er den Mittelschulabschluß hätte nachmachen können, schlugen fehl. Auch die Suche nach Arbeit war erfolglos. Schließlich wurde er krank und mußte im Februar 1903 von seinem Vater wieder nach Hause geholt werden. Dies war das Jahr, da Takuboku begann, Shi zu schreiben.

Das Ende des Jahres 1904 brachte eine weitere Katastrophe: Der Vater verlor sein Amt als Hauptpriester des Dorftempels, und zwar wegen Unregelmäßigkeiten bei der Abführung von Geldeinnahmen an die Zentrale der Sōtō-Sekte. Hierbei ging es offenbar auch um die Zurückzahlung von Schulden, die Takuboku im Vorjahr in Tōkyō gemacht hatte. Nun war nicht nur der Sohn, sondern auch der Vater arbeitslos. Takuboku schrieb weiter Shi und bereitete den Druck der erwähnten ersten Gedichtsammlung vor. Als sein Vater entlassen wurde, befand er sich gerade zu diesem Zweck in Tōkyō. Trotzdem wurde in seiner Heimat die Hochzeit mit Horiai Setsuko vorbereitet. Die Gedichtsammlung erschien Mitte Mai 1905, und für den 30. Mai war die Hochzeit festgesetzt. Takuboku machte sich zwar auf den Weg, blieb aber unterwegs irgendwo hängen: Die Hochzeitsfeier fand in Abwesenheit des Bräutigams statt.

Danach begründeten Takuboku und Setsuko in Morioka einen Hausstand, zu dem auch seine Eltern und eine Schwester Takubokus gehörten. Der Hausherr war mittellos. Man hielt sich mit dem Verkauf des Hausgerätes und Schuldenmachen über Wasser. Gelegentlich schrieb Takuboku Artikel in der Lokalzeitung. Der Versuch, 1905 eine eigene

literarische Zeitschrift herauszugeben, schlug schon nach dem ersten Heft fehl.
Im April des Jahres 1906 gelang es Takuboku schließlich, eine Stelle als Aushilfslehrer an der Grundschule in seinem Heimatdorf zu erhalten. Takuboku scheint ein engagierter Lehrer gewesen zu sein, der mit neuen, d.h. freieren Unterrichtsformen und -inhalten die Kinder zu fesseln verstand. So führte er im Lehrplan eigentlich nicht vorgesehenen Englisch-Unterricht ein und schrieb hierfür selbst das Lehrmaterial. Das bestehende Schulwesen mußte ihm natürlich als unerträglich erscheinen. In sein Tagebuch schrieb er Sätze wie »Die vom Erziehungsministerium vorgeschriebenen Unterrichtsinhalte sind nur die Maske der Erziehung.«[5] Und in einem gleichzeitigen Aufsatz: »Die japanische Erziehung hat die Produktion von Durchschnittsmenschen zum Ziel. (...) Die japanische Erziehung ist die Mumie der Erziehung, ist das Schafott, auf dem die Genies getötet werden.«[6] Immerhin führte Takuboku jetzt zum ersten Mal ein normales »bürgerliches« Leben mit festem (sehr kleinem) Einkommen und ein fast normales Familienleben. Im Dezember 1906 wurde eine Tochter, Kyōko, geboren.
Aber auch diese Zeit war überschattet von Auseinandersetzungen unter den Dorfbewohnern über eine eventuelle Wiedereinsetzung des Vaters als Hauptpriester und das Experiment als Lehrer endete (notwendigerweise) in einer Katastrophe: Takuboku führte die Schüler in einen Streik gegen den Direktor, was seine Entlassung zur Folge hatte (der Vater war bereits vorher aus dem Hause geflohen und hatte sich zu seinem ehemaligen Lehrer im hohen Norden Japans begeben). Takuboku schickte daraufhin seine Frau zu ihren Eltern zurück, brachte seine Mutter bei Bekannten in Shibutami unter und verließ seine Heimat. Es war ein kläglicher Abschied, der später immer wieder schmerzhaft in Erinnerung gerufen werden sollte.
Diesmal wandte sich Takuboku nicht nach Tōkyō, sondern nach Norden, nach Hokkaidō. Hokkaidō, die nördlichste

große Insel Japans war erst spät in den japanischen Staatsverband eingegliedert worden und hatte immer noch eine Art Kolonialstatus. Als spärlich besiedeltes, noch zu »erschließendes« Gebiet zog es Menschen an, die aus der Enge des »eigentlichen Japan« zu entfliehen versuchten. Für Takuboku war die Zeit in Hokkaidō eine Zeit des Wanderns (als Journalist an kleinen Lokalblättern) und des Zusammenstoßes mit der Realität. Dies hatte auch eine Kritik an den bisherigen Dichterträumen zur Folge. Im Jahre 1909 erinnerte er sich:

»Meine Gefühle bei der Erinnerung an die Zeit, da ich Gedichte schrieb, verwandelten sich von Abschiedsschmerz zu Trauer, von Trauer zu Ekel. Ich verlor auch das Interesse an den Gedichten anderer Leute. Das Bedürfnis, sozusagen mit geschlossenen Augen in »das Leben« einzutauchen, bereitete mir manchmal ein Lustgefühl, so als ob ich ein juckendes Geschwür mit dem Operationsmesser selbst aufschnitte. Manchmal war mir auch, als ob ich von einem ansteigenden Weg, den ich hinangestiegen war, mit einem mir um die Hüften geschlungenen Seil wieder herabgezogen würde. Wenn ich das Gefühl bekam, von dem Ort, wo ich gerade war, nicht mehr wegzukönnen, dann versuchte ich nahezu ohne irgendeinen Grund mit enormer Kraftanstrengung eine Rebellion gegen eben diese Lebensumstände. Diese Rebellion zeitigte jedesmal für mich ungünstige Ergebnisse. Auf der Suche nach einem Lebensunterhalt wanderte ich umher – aus der Heimat nach Hakodate, von Hakodate nach Sapporo, von Sapporo nach Otaru, von Otaru nach Kushiro. Wenn ich zufällig mit jemandem zusammentraf, der etwas von meinen früheren Gedichten gelesen hatte, und er zu mir von früher sprach, dann hatte ich das gleiche unangenehme Gefühl, wie wenn ein Freund, mit dem zusammen ich ehemals ausschweifenden Vergnügungen nachgegangen bin, zu mir von alten Frauengeschichten spricht. So sehr hatte mich die Erfahrung des Alltagslebens verändert. Als mich ein freundlicher alter Lokalpolitiker zur Zeitungsredaktion von Kushiro mitnahm, stellte er mich dort jemandem mit den Worten »Er ist ein Dichter« vor. Noch nie habe ich die Freundlichkeit eines anderen Menschen so sehr als Beleidigung empfunden.«[7]

Die Zeit in Hokkaidō war eine entscheidende Lehrzeit. Takuboku lernte den Alltag am geographischen und gesellschaftlichen Rande Japans kennen. Aber es war auch eine Zeit des literarischen Lernens. Gerade in dieser Zeit setzte sich in Tōkyō der Naturalismus durch. Shimazaki Tōson veröffentlichte 1906 seinen Roman *Hakai*[8], andere Autoren folgten, die Diskussion erreichte in den Jahren 1907 und 1908 ihren Höhepunkt. Der Naturalismus, der in Europa mit dem Anspruch angetreten war, die naturwissenschaftliche Objektivität in der Literatur einzuführen, hatte in Japan eine außerordentliche Wirkung. Es läßt sich sogar sagen, daß seine Rolle in der modernen japanischen Literatur größer und einschneidender war als in den europäischen Literaturen. Der Naturalismus bedeutete hier den endgültigen Bruch mit den letzten Resten der Tradition der Feudalzeit: inhaltlich, stilistisch, sprachlich. Denn auch in der ab 1885 entstandenen neuen japanischen Literatur gab es – bei aller Revolution der weltanschaulichen Inhalte – Relikte der Tradition: die Einschränkung der »poetischen« Gegenstände, die hartnäckig fortlebende dem Alltag entrückte »poetische« Sprache. Diese Situation war unter dem Einfluß der europäischen Romantik und des (sich in Japan direkt daran anschließenden) Symbolismus sogar noch verstärkt worden. Bei Takuboku, dessen literarische Anfänge gerade mit dieser Romantik verbunden waren, vermischte sich die Alltagserfahrung in Hokkaidō mit der naturalistischen Lektüreerfahrung:

»Das Gefühl des Widerwillens gegenüber der Phantasieliteratur und bestimmte, im realen Leben gemachten Erfahrungen veranlaßten auch mich schließlich, den Geist der neuen Bewegung zu akzeptieren. Wenn ich die Entwicklung aus der Ferne betrachtete, war mir, als ob ich vom Gipfel eines hohen, dunklen Berges aus zusah, wie in dem Haus, aus dem ich geflohen war, ein Brand ausbrach und das Haus vor meinen Augen in Flammen aufging.«[9]

Der Abschied von der »Phantasieliteratur« bedeutete auch eine Wendung von der Lyrik zur Prosa, in der die neue Literatur in Tōkyō geschrieben wurde: »Das freie Land der Prosa! Mit diesem undeutlich-verschwommenen Gefühl sehnte ich mich – ohne dabei die Absicht zu haben, etwas bestimmtes zu schreiben – ständig nach dem Leben in Tōkyō.«[10]

Im April 1908 brach Takuboku mit dem Schiff Richtung Tōkyō auf. Seine Familie, die er bereits zu seinem letzten Aufenthaltsort Kushiro nicht mitgenommen hatte, blieb in Hokkaidō. Es war ein erneuter Versuch, sein »literarisches Schicksal zu testen«, diesmal aber unter erschwerten Umständen. Die Naivität und der Optimismus des früheren Versuchs war verflogen, und Hoffnung mischte sich mit Angst. In sein Tagebuch schrieb er: »In meinem von nun an neu aufzubauenden literarischen Leben liegt Hoffnung. Oder besser: ich habe keine andere Wahl. Und mir kommen die Tränen. Die Tränen fließen und fließen. Ach! Ich, Ishikawa Takuboku, weiß nicht, wie ich in dieser Welt leben soll.«[11]

In Tōkyō angekommen, wandte sich Takuboku zunächst wieder an Yosano Tekkan und Yosano Akiko. Die beiden waren inzwischen aber selbst von der neuen literarischen Entwicklung zur Seite gedrängt worden. Takuboku, der mit erklärtem Interesse für den Naturalismus nach Tōkyō gekommen war, fand hier keine Gesprächspartner. Die Zeitschrift *Myōjō* hatte von Heft zu Heft weniger Leser und mußte im November 1908 ihr Erscheinen einstellen. Immerhin reichte Tekkans Einfluß noch so weit, daß er Takuboku bei Mori Ōgai[12], der als der »große alte Mann« der nicht-naturalistischen Literatur galt, einführte. Dort traf Takuboku bei Tanka-Abenden mit führenden Tanka-Dichtern, auch solchen eher konservativeren Zuschnitts, zusammen.

Während er, von Kindaichi Kyōsuke, seinem Freund aus Mittelschulzeiten, unterstützt, in einer billigen Pension wohnte, bemühte sich Takuboku, sich im »freien Land der Prosa« eine Position zu erobern. Er schrieb in kurzer Zeit mehrere Erzählungen, in denen er versuchte, sich die naturalistische Thematik und Schreibweise anzueignen: es waren durchweg Fehlschläge. Es gelang ihm nicht, sich hiermit eine Stellung in der literarischen Szene aufzubauen. Seltsamerweise schrieb er gleichzeitig Tanka. In der Nacht vom 23. auf den 24. Juni 1908 erlebte er eine Art Ausbruch poetischer Produktivität: In dieser Nacht und während der beiden darauffolgenden Tage schrieb er insgesamt 219 Tanka, von denen er eine Auswahl anschließend unter dem Titel »Ishiwari-shū« veröffentlichte: Der Titel bedeutet etwa »Durchbruch« und bezieht sich auf Pflanzen, die durch den Fels hindurch hervorbrechen. Dieser Tanka-Strom enthielt noch sehr verschiedene Elemente: Phantastisch-Traumhaftes neben Spielerisch-Spöttischem, aber auch bereits Tanka, die den späteren »Takuboku-Ton« treffen, jene gelegentlich etwas theatralische Inszenierung der Einsamkeit, etwa in folgendem Tanka:
»Am Strande einer kleine Insel im Ostmeer, spiele ich, tränennaß, auf dem weißen Sand mit einer Krabbe.«[13]
In seinem Rückblick von Ende 1909 erinnert sich Takuboku:
»Während dieser Zeit schrieb ich vierhundert oder fünfhundert Tanka. Tanka! Tanka zu schreiben stand natürlich in Widerspruch zu dem oben beschriebenen Gefühl. Aber dies hatte seinen Grund. Ich wollte Erzählungen schreiben. Das heißt, ich hatte die Absicht zu schreiben, und ich habe auch tatsächlich Erzählungen zu schreiben versucht – und ich habe schließlich keine zu schreiben vermocht. Damals entdeckte ich eine Art Vergnügen darin (gerade so wie es einem Mann Spaß macht, ohne Grund seine Kinder auszuschimpfen und zu quälen, nachdem er in einem Streit mit seiner Frau unterlegen ist) nach Herzenslust die Gedichtform namens Tanka zu mißbrauchen.«[14]

Das Jahr 1908 und der größte Teil des Jahres 1909 war angefüllt mit Versuchen, sich als professioneller Schriftsteller eine materielle Basis zu schaffen, welche es ihm ermöglichen würde, seine Familie nachkommen zu lassen. Als im Januar 1909 von einem Teil der ehemaligen *Myōjō*-Gruppe unter dem Patronat von Mori Ōgai eine neue Zeitschrift, *Subaru* (»Die Pleiaden«) gegründet wurde, gehörte Takuboku zum Herausgeberkollegium, er zeichnete sogar als presserechtlich Verantwortlicher. Finanziell brachte ihn dies aber auch nicht weiter. Ab März 1909 arbeitete er als Korrektor bei der Zeitung *Tōkyō Asahi shinbun* und erhielt nach langer Zeit zum ersten Mal wieder ein festes Einkommen. Seine Familie kam gegen seinen Willen im Mai nach Tōkyō. Während der letzten zwei Monate seines Alleinseins schrieb er sein Tagebuch in lateinischer Schrift nieder: ein Dokument schonungsloser Selbstentblößung.

Gegen Ende des Jahres 1909 kam es zu einer Klärung in der chaotischen Lebenssituation Takubokus. Die Akkumulation der Erfahrungen während dieses zweiten Tōkyō-Aufenthaltes und der Schock des Auszugs seiner Frau im Oktober des Jahres (sie kam auf Zureden von Freunden Takubokus nach zwei Wochen zurück) bewirkten eine Wende, die zunächst in dem großen Essay »Gedichte zum Essen«[15] ihren Ausdruck fand. Der Essay, aus dem oben bereits mehrfach zitiert wurde, ist gleichzeitig eine literarische Autobiographie und eine Stellungnahme zur poetologischen Diskussion der Zeit und weist damit jene spannungsvolle Verbindung von persönlichem Bekenntnis (Selbstkritik) und literaturkritischer Stellungnahme auf, die charakteristisch ist für Takubokus Essays der Folgezeit. Die Schlußfolgerung, die der Dichter aus seinem eigenen Weg zieht, ist: Das Gedicht muß vom Kopf auf die Füße gestellt werden:

»Gedichte zum Essen – das ist meine vorläufige Bezeichnung, die mir (angeregt durch die in der Straßenbahn häufig gesehene Reklame »Ein Bier zum Essen«) eingefallen ist. Das soll heißen: Gedichte, die man, mit beiden Beinen fest auf der Erde stehend, schreibt; Gedichte, die man aus einem Gefühl heraus schreibt, das dem realen Menschenleben gegenüber keinerlei Abstand kennt. Gedichte, die keine Feinschmeckergerichte und keine Festessen sind, sondern für uns ebenso notwendig sind wie das eingelegte Gemüse beim täglichen Reis. – Das bedeutet vielleicht, das Gedicht von seiner bisherigen Position herunterzuholen. Es bedeutet in meinen Augen aber auch, das Gedicht, dessen Existenz bisher weder Gewinn noch Verlust für unser Leben bedeutete, zu einem notwendigen Ding zu machen. Das ist der einzige Weg, die Existenzberechtigung des Gedichtes zu bejahen.«[16]

Die Konsequenz hieraus war: »Das Gedicht darf kein sogenanntes Gedicht sein.« Und für den »Dichter« bedeutete dies: »Es gibt drei Qualifikationen für einen Dichter: Erstens: er muß ein Mensch sein; zweitens: er muß ein Mensch sein; und drittens: er muß ein Mensch sein. Er muß tatsächlich ein Mensch sein, der alles das besitzt, was die normalen Menschen besitzen [. . .] Denn der wirkliche Dichter muß ein Mensch sein, der mit dem Mut des Politikers sich selbst reformiert und seine eigene Philosophie verwirklicht, der mit dem Eifer des Unternehmers sein Leben zur Einheit bringt, der ständig mit dem scharfsinnigen Urteil des Naturwissenschaftlers und der Direktheit des Barbaren die in seinem Inneren in jedem einzelnen Moment auftretenden Veränderungen, ohne Beschönigung, ohne etwas zu verfälschen, extrem gleichmütig und ehrlich aufzeichnet und berichtet.«[17] Als Aufgabe des Gedichtes bleibt somit nur, »der genaue Bericht, das aufrichtige Tagebuch des menschlichen Gefühlslebens« zu sein.

Fünf Tage nach diesem Essay begann Takuboku in der gleichen Zeitung eine Serie von fünf Gedichten (Shi) zu veröffentlichen, von denen drei in diesem Band übersetzt sind. Der Obertitel der Serie kennzeichnet den neuartigen, experimentellen Charakter: »Studien zur Gestalt des Herzens«. Für »Studien« ist hier ein Wort gewählt, welches eigentlich

nur für wissenschaftliche Studien gebraucht wird, und das »Herz« (*kokoro*) hat hier nichts mehr von seinen romantischen Konnotationen, sondern bedeutet: Denken, Fühlen, Vorstellungskraft, Wahrnehmung. Diese Gedichte sind allerdings mehr als bloße Aufzeichnungen des menschlichen Gefühlslebens. Es sind Texte, in denen sich die Darstellung der eigenen durch Unruhe, Nervosität und Angst bestimmten Subjektivität mit der Wahrnehmung äußerer (alltäglicher, häßlicher) Realität vermischt. Takuboku verfolgte diese Linie jedoch zunächst nicht weiter. Es sollten für fast zwei Jahre die letzten Shi Takubokus bleiben.
Ein Problem, welches dem Leser der Übersetzungen überhaupt nicht zu Bewußtsein kommt, das aber für Takuboku und seine Zeit von zentraler Bedeutung war, ist die Frage der Sprache: Die fünf Gedichte der genannten Serie waren die ersten Gedichte, die Takuboku in Umgangssprache schrieb, und das Sprachproblem nahm auch in »Gedichte zum Essen« einen großen Raum ein. Tatsächlich fand gerade in dieser Zeit bei Takuboku persönlich wie auch in der japanischen Literatur insgesamt eine sprachliche Revolution statt. Jahrhundertelang hatte man – bei allen Veränderungen im Vokabular – für alle schriftlichen Äußerungen eine Sprachform benutzt, die im wesentlichen auf der höfischen Umgangssprache der klassischen Zeit, d.h. des 9. bis 11. Jahrhunderts, beruhte. Die gesprochene Sprache hatte sich danach allerdings erheblich weiterentwickelt, blieb aber aus der Literatur ausgeschlossen. Nur die Dialogpartien der (weniger angesehenen) erzählenden Literatur wurden seit dem 18. Jahrhundert in lebendiger Umgangssprache geschrieben. Die Japaner führten so all die Jahrhunderte hindurch sprachlich ein Doppelleben[18] zwischen zwei Sprachen, die so weit auseinander lagen wie Mittelhochdeutsch und Neuhochdeutsch.
Die ersten unter dem Eindruck westlicher Literatur unternommenen Reformversuche ab den achtziger Jahren des 19. Jahrhunderts blieben zunächst ohne breite Wirkung. Erst

von den späten neunziger Jahren an nahmen – zunächst nur in der erzählenden Literatur – die Texte in der modernen Umgangssprache zu. Die entscheidende Rolle in der Durchsetzung der neuen sprachlichen Norm spielte auch hier der Naturalismus, der nicht nur die leeren gesellschaftlichen Konventionen zu entlarven versuchte, sondern auch mit den überkommenen stilistischen Formeln aufräumte. Nachdem der Naturalismus sich zunächst nur auf die Erzählprosa ausgewirkt hatte, wurde verspätet auch die Lyrik erfaßt. Die ersten Gedichte in Umgangssprache wurden 1907 veröffentlicht (Takuboku war mit seinem Experiment also keineswegs der erste).

Takuboku schrieb ab 1. Januar 1908 sein Tagebuch in Umgangssprache. Sein erster Essay in der neuen Sprache stammt von März 1907, sein letzter Prosatext in der alten Sprache von Oktober 1909. Dieser Wechsel der Sprache war nicht einfach der Wechsel zwischen zwei beliebigen Medien: Takuboku sah im Gebrauch der alten Sprache für die Literatur einen »Mangel an Konsequenz und Einheit. Allgemeiner ausgedrückt, handelt es sich um einen Zustand, da man innerhalb der Kausalkette Urteil-Tat-Verantwortung der Verantwortung auszuweichen versucht und deshalb pfuscht.«[19] In dieser Bemerkung zeigt sich Takubokus in den folgenden Essays immer wieder unter Beweis gestellte Fähigkeit, die politische Dimension scheinbar rein literarischer Fragen zu sehen und diese mit dem eigenen Leben in Verbindung zu bringen.

Diese Fähigkeit, die sich bei keinem anderen Zeitgenossen so deutlich findet, zeigt sich am brilliantesten in einem ebenfalls im Dezember 1909 in der Zeitschrift *Subaru* veröffentlichten Essay »Zusammenhanglos in mir aufsteigende Gedanken und Erinnerungen«. Hier wird in einer mit lockerer Hand hingeworfenen Folge von Beobachtungen und Gedanken der Zusammenhang zwischen Politik, Literatur und Alltag hergestellt. Der zentrale Gedanke dieses Textes ist die Forderung nach »radikaler Selbstverwirklichung«, nach

»Einheit des Lebens«, wobei hier auch »Einheit« eine *Tätigkeit* ist: »das Leben zur Einheit bringen«. Dies ist der Ausgangspunkt seiner Kritik an der zeitgenössischen Literatur (vor allem der Inkonsequenz des Naturalismus) und an sich selbst.

Takubokus Schlußfolgerung »Alle Menschen müssen radikaler nachdenken«[20] – sowohl die, die auf der Seite des Staates stehen, als auch die, die sich dem Staate verweigern – wurde ein halbes Jahr später von der Realität einem Test unterzogen: Im Juni 1910 wurden im ganzen Land Sozialisten verhaftet. Die Regierung konstruierte eine landesweite Verschwörung gegen den Kaiser (eine kleine Minderheit der Verhafteten hatte tatsächlich ein Attentat geplant) und stellte die »Anführer« vor Gericht. Vierundzwanzig von ihnen wurden zum Tode verurteilt und zwölf davon auch tatsächlich im Januar 1911 hingerichtet. Der Prozeß fand unter Ausschluß der Öffentlichkeit statt, erregte jedoch die politisch wache Minderheit in Japan und löste sogar ein internationales Echo aus: In New York, London und Paris kam es zu Demonstrationen vor der japanischen Botschaft; in Deutschland und der Schweiz sammelte Gustav Landauer Unterschriften für einen Protestbrief.

Auf Takubokus Denken und seine literarische Praxis wirkten die Ereignisse als Katalysator, der die Entwicklung während der nun beginnenden letzten Lebensphase beschleunigte. Ab August 1910 entstanden mehrere Essays und zahlreiche Tanka, in denen Takuboku den Schock zu verarbeiten versuchte. Der heute bekannteste – da politischste – dieser Essays war »Die ausweglose Gegenwart«[21], in dem Takuboku eine erstaunlich scharfsinnige Analyse der geistigen Entwicklung Japans (und seiner selbst) während der letzten Jahre gibt. Takuboku stellt dar, wie die staatliche »Autorität« bis in den letzten Winkel gedrungen ist und der Jugend gegenwärtig neben dem halbherzigen Naturalismus nur noch die Rückwendung zur Ästhetik der Feudalzeit (als einer Form der Unterwerfung) oder die »blinde Rebellion«

als Möglichkeiten bleiben. Demgegenüber ruft Takuboku die Jugend zum Handeln auf:

»So sind wir, die Jugend, schließlich bis zu dem Punkt gekommen, da wir, um aus der Situation der Selbstvernichtung auszubrechen, uns die Existenz des »Feindes« bewußt machen müssen. Dies beruht nicht etwa auf unserem Wunsch oder auf irgendeinem anderen Grund: Es ist tatsächlich notwendig. Wir müssen uns alle gleichzeitig erheben und der gegenwärtigen ausweglosen Situation den Kampf ansagen. Wir müssen den Naturalismus hinter uns lassen, die blinde Rebellion und die Genroku-Nostalgie[22] aufgeben und die ganze Seele auf die Betrachtung des morgigen Tages, auf die systematische Betrachtung unserer eigenen Zeit richten.«[23]

Der Ausdruck »systematische Betrachtung unserer eigenen Zeit« deutet voraus auf eine sozialistische Überzeugung, die sich in den folgenden Monaten ausformen sollte. In einer Anfang 1911 niedergeschriebenen Zusammenstellung der für ihn wichtigsten Ereignisse des Jahres 1910 schreibt Takuboku: »Für mein Denken war es ein wichtiges Jahr. Ich habe in diesem Jahr einen Schlüssel entdeckt, mit dem ich meinen Charakter, meinen Geschmack, meine Tendenzen zur Einheit bringen kann. Dies ist die Frage des Sozialismus. Ich habe über diese Frage besonders viel nachgedacht, gelesen, mit anderen gesprochen. Die von den Herrschenden ausgehende Unterdrückung war jedoch maßlos und hat dazu geführt, daß ich dies nicht veröffentlichen konnte.«[24]

Tatsächlich begann Takuboku ein systematisches Studium des Sozialismus. Dies bestand zunächst im Studium der Prozeßakten der »Hochverratsaffäre«, zu denen Takuboku erstaunlicherweise Zugang bekam: Hiraide Shū, ein Tanka-Dichter, den er aus Zusammenkünften bei Mori Ōgai kannte, war einer der Verteidiger in dem Prozeß und hatte die Akten zeitweise bei sich zu Hause. Takuboku las so viel er konnte von dem Aktenberg und machte sich ausführliche Exzerpte. Sodann las er die Texte, auf die ihn die Akten führten, vor allem Werke Kropotkins. Er lieh sich alte Hefte der japanischen sozialistischen Zeitschriften aus der Zeit während und kurz nach dem Russisch-Japanischen Krieg, welche er damals nicht wahrgenommen hatte, und machte umfangreiche Abschriften. Unter Takubokus Manuskripten ist unter anderem eine Einführung in den ersten Band von Marx' Kapital und ein ausführlicher Bericht über den Siebten Kongreß der Zweiten Internationale in Stuttgart erhalten.

Diese Studien fanden inmitten immer schwieriger werdender persönlicher Verhältnisse statt: Im Oktober 1910 hatte Takubokus Frau einen Sohn zur Welt gebracht. Das Kind starb drei Wochen nach der Geburt. Setsuko war von den Anstrengungen der Geburt sehr geschwächt, auch Takubokus Eltern ging es schlecht. Gegen Ende des Jahres war die ganze Familie mit Ausnahme der kleinen Tochter krank. Am 1. Februar 1911 ließ sich Takuboku untersuchen: der Arzt stellte chronische Bauchfellentzündung fest. Takuboku wurde ins Krankenhaus eingeliefert und operiert. Der Krankenhausaufenthalt dauerte über fünf Wochen. Während dieser Monate schrieb Takuboku eine große Zahl Tanka. Die Tanka wurden jeweils relativ schnell nach der Niederschrift in Zeitungen und Zeitschriften veröffentlicht und bilden zusammen ein eigenartiges, halb-öffentliches Tagebuch. Der Wille, auf dem Gebiet des Tanka etwas neues zu schaffen, fand gleichzeitig auch in einer Reihe von theoretischen Texten seinen Ausdruck.

Daß das Tanka jetzt einen zentralen Ort in Takubokus literarischem Schaffen einnimmt, wird auch durch die Veröffentlichung seiner ersten Tanka-Sammlung im Dezember 1910 markiert: »Eine Handvoll Sand« (*Ichiaku no suna*). Diese Gedichtsammlung machte Epoche. Die einfache, dem Alltag nahe Sprache (wenn auch formal weiterhin »Schriftsprache«), die alltäglichen Themen, der typische Takuboku-Ton. Die Neuheit wurde noch durch die Schreibung der Tanka in jeweils drei Zeilen unterstrichen: Tausend Jahre lang hatte man Tanka in einer Zeile geschrieben.[25] Takubokus Tanka-Reform stand nicht allein. Aber unter den in eine ähnliche Richtung drängenden Dichtern der Zeit war Takuboku der ästhetisch erfolgreichste und derjenige, der auf die Nachwelt den entscheidenden Einfluß ausübte. Daß Takuboku jetzt auch von seinen Zeitgenossen als wichtige Figur der Tanka-Szene anerkannt wurde, zeigte sich schon vorher, im September 1910, als ihm von der *Tōkyō Asahi shinbun* die Redaktion der Tanka-Spalte der Zeitung übertragen wurde.

Das Tanka kann wegen seiner Kürze keine komplexen Vorgänge beschreiben, keine Gedanken entwickeln. Es kann nur einen Moment festhalten, in dem die Subjektivität des Autors sich mit der Realität berührt. Dieses Festhalten hat zwei Seiten: Auf der einen Seite wird die Intensität des Erlebens, des Sehens, Fühlens, Begreifens festgehalten. In einem im November 1910 veröffentlichten Text schreibt Takuboku: »Die eine Sekunde des Lebens, die nie wiederkehren wird: mir ist diese Sekunde wichtig. Ich will sie nicht einfach verlieren. Um das auszudrücken, ist das Tanka mit seiner Kürze und dem geringen Aufwand, den es erfordert, die bequemste Form.«[26] Auf der anderen Seite ist das Tanka mit seinem melancholischen Grundton Ausdruck des ungeeinten Lebens, ist der Minute für Minute erbrachte Beweis, daß ein erfülltes, zur Einheit gebrachtes Leben nicht möglich ist, es ist ein »trauriges Spielzeug« in einer Gesellschaft, in der die wirklich wichtigen Dinge nicht geändert werden können, so wie der Dichter im Dezember 1910 schrieb.[27] Sicherlich enthält für Takuboku auch das Shi den Aspekt »trauriges Spielzeug«. In manchen Shi des Jahres 1911 begegnen wir einzelnen Motiven, die sich vorher auch in Tanka finden, aber in den Shi werden diese Motive stärker argumentativ ausgeführt, werden szenisch orchestriert, erhalten Vergangenheit und Zukunft. Damit verbindet sich das Shi mit den Essays, in denen die Überwindung der Gegenwart gedanklich entwickelt wird.

Tatsächlich suchte Takuboku nach einer noch umfassenderen Form: Im Juni 1911 schrieb er innerhalb weniger Tage mehrere Shi nieder, die von Anfang an als Zyklus konzipiert waren. Es ist zudem ein Zyklus in Bewegung, der zu Beginn und zu Ende (Abbruch) der Niederschrift zwei verschiedene Namen, »Nach einer endlosen Diskussion« und »Flucht und Traum«[28], trug und der in drei verschiedenen Versionen vorliegt, was die heftige Bewegung von Takubokus Wahrnehmung und Denken belegt.

Der Zyklus gibt dem heutigen Leser viele Rätsel auf und bleibt verwirrend. Neben von sozialistischem Pathos getragenen, an zwanzig Jahre später liegende »proletarische Literatur« erinnernden Gedichten (»Grabschrift«) steht der kleinbürgerliche Traum des angenehmen Lebens (in »Das Haus«), neben strophischer Form mit sich wiederholendem Refrain (»Nach einer endlosen Diskussion«) steht die collage-artige Zusammenstellung von privaten Gedanken und Erinnerungen (in Gedicht Nr. 9). Überraschend ist auch, daß Takuboku hier im Bereich des Shi wieder zur »überholten« Schriftsprache zurückkehrt. Die Wahl der eher gemeinschaftsstiftenden Schriftsprache (die Umgangssprache erschien dagegen mit der Wendung zum Privaten verbunden) ist wohl mit dem einem Teil der Gedichte eigenen Appell-Charakter und ihrer »Wir«-Perspektive zu erklären. Aber gerade in seiner Widersprüchlichkeit, seinem sich in Bewegung befindlichen Text und seiner Unvollendetheit ist dieser Zyklus der angemessene Ausdruck von Takubokus literarischer Suche während seines letzten Lebensjahres.

Denn Takubokus Leben neigte sich um diese Zeit bereits dem Ende zu. Das ganze Jahr 1911 war von wiederholter Bettlägerigkeit gekennzeichnet. Im Juli wurde zudem seine Frau krank, im September floh der Vater aus dem von Krankheit, Armut und familiärem Unfrieden gezeichneten Haus. Im Januar 1912 erkrankte die Mutter schwer, es wurde Tuberkulose diagnostiziert. Sie starb am 7. März. Takuboku selbst starb am 13. April, gerade sechsundzwanzig

Jahre alt. Als Todesursache wurde ebenfalls Tuberkulose festgestellt. Takubokus Frau Setsuko war um diese Zeit schwanger. Im Juni 1912 brachte sie eine Tochter zur Welt, starb aber dann selbst am 5. Mai 1913, gleichfalls an Tuberkulose.

Zwei Monate nach Takubokus Tod, im Juni 1912, erschien – dank der Bemühungen seines Freundes Toki Aika – Takubokus zweite Tanka-Sammlung, »Trauriges Spielzeug« (*Kanashiki gangu*). Takuboku hatte noch auf dem Krankenbett an der Vorbereitung des Druckes mitgeholfen.

Takubokus kurzes Leben war oberflächlich gesehen eine einzige Reihe von Fehlschlägen. Seine Unfähigkeit, das eigene Leben in die Hand zu nehmen, seine Planlosigkeit, seine Selbstüberschätzung, sein Selbstmitleid verhinderten, daß er ein normaler Bürger des aufstrebenden Japan wurde. Und als er schließlich *seinen* Schlüssel zur »radikalen Selbstverwirklichung«, *seinen* Weg, »das Leben zur Einheit zu bringen« gefunden hatte, war es bereits zu spät: die durch die Armut beförderte Krankheit verhinderte den Aufbruch. So ist sein Werk insgesamt ebenso unvollständig und widersprüchlich wie sein letzter großer Gedichtzyklus »Nach einer endlosen Diskussion«. Aber es ist mehr als jene erstaunlich große Zahl vollkommener sprachlicher Gebilde, die immer noch einen japanischen Leser gefangennehmen; es ist auch mehr als jene unglaublich hellsichtige Kritik der japanischen Gesellschaft seiner Zeit. Sein Werk ist ein großes menschliches Dokument *und* es zeigt, was Literatur sein kann: Literatur ist hier nicht ein vom Leben abgetrennter, in sich ruhender Bereich, sondern der Ort des intensivsten Denkens und Fühlens, ist konzentriertes Leben. Und dieses Leben weiß, daß es in der gegenwärtigen Gesellschaft nicht zur Einheit kommen kann, daß es immer entfremdetes Leben bleiben muß, da ja die wirklich wichtigen Fragen nicht angerührt werden können und dürfen. Insofern ist Literatur – insbesondere Takubokus bevorzugte Gedichtform, das Tanka – ein »trauriges Spielzeug«. Das Spielen mit diesem

»traurigen Spielzeug« endet bei Takuboku jedoch nicht in Resignation oder Flucht, ist kein sich häuslich Einrichten in der Entfremdung. Indem das Bewußtsein von jenen wirklich wichtigen Fragen, deren Lösung uns verwehrt wird, immer präsent bleibt, ist die Literatur gleichzeitig Behauptung dessen, was Takuboku das »Recht auf Sehnsucht« genannt hat.

1 Ishikawa ist der Familienname, Hajime der im Japanischen nachgestellte persönliche Name, Takuboku der an die Stelle des persönlichen Namens gesetzte oder auch allein gebrauchte Schriftstellername.

2 Ishikawa Takuboku zenshū (hiernach als ITZ abgekürzt), Bd. 2, S. 6

3 ITZ, Bd. 4, S. 210–11

4 ITZ, Bd. 5, S. 6

5 ITZ, Bd. 5, S. 99

6 ITZ, Bd. 4, S. 108–9

7 ITZ, Bd. 4, S. 212

8 Eine deutsche Übersetzung von Jürgen Berndt liegt vor unter dem Titel »Ausgestoßen« (Insel Verlag, Frankfurt a. M., 1989).

9 ITZ, Bd. 4, S. 212–13

10 ITZ, Bd. 4, S. 213

11 ITZ, Bd. 5, S. 250. Eine vollständige Übersetzung des Tagebuchs während der ersten drei Monate in Tōkyō hat Otto Putz vorgelegt in: Bochumer Jahrbuch zur Ostasienforschung, Bd. 8 (1985), S. 301–434.

12 Zu Leben und Werk dieses Autors vgl. den Band Mori Ōgai: Im Umbau, Insel Verlag, Frankfurt a. M., 1989

13 ITZ, Bd. 1, S. 7. Dies ist das in Japan vielleicht bekannteste Tanka Takubokus und steht am Eingang seiner ersten Tanka-Sammlung »Eine Handvoll Sand« (1910). Dem Übersetzer gelang keine angemessene Übersetzung, weshalb hier nur eine Umsetzung in Prosa gegeben ist.

14 ITZ, Bd. 4, S. 214

15 Dieser Essay erschien zwischen 30. November und 7. Dezember in sieben Fortsetzungen in der Tōkyō Asahi shinbun. Der korrekte Titel lautet Yumimachi yori (»Aus Yumimachi«), was sich auf Takubokus damalige Wohnung bezieht. Gewöhnlich wird dieser Essay jedoch unter seinem aussagekräftigen Untertitel »Gedichte zum Essen« zitiert.

16 ITZ, Bd. 4, S. 214–15

17 ITZ, Bd. 4, S. 217

18 Eigentlich war es ein Dreifach-Leben, da noch das Klassische Chinesisch als Gelehrtensprache hinzukam.

19 ITZ, Bd. 4, S. 215

20 Vgl. S. 58 in diesem Band.

21 Daß dieser Essay in dem vorliegenden Band fehlt, liegt daran, daß er in seinen zentralen Passagen auf die zeitgenössische literarische und weltanschauliche Diskussion Bezug nimmt und ohne einen umfangreichen Anmerkungsapparat nicht zu verstehen wäre.

22 »Genroku-Zeit« bezeichnet eine bestimmte Periode der Hochblüte städtisch-feudaler Kultur gegen Ende des 17. Jahrhunderts. Hier steht »Genroku-Nostalgie« wohl für die Rückwendung zur Ästhetik der Vergangenheit, wie sie besonders unter den Teilnehmern der Pan-Gesellschaft (vgl. S. 144 unter *Hiraide*) beliebt war.

23 ITZ, Bd. 4, S. 269

24 ITZ, Bd. 6, S. 226

25 Wie erwähnt, hatte Yosano Tekkan schon mit der Schreibung in zwei Zeilen experimentiert, was sich jedoch noch an die traditionelle Struktur des Tanka anlehnte. Schon vor Takuboku, im April 1910, hatte Toki Aika, den Takuboku im folgenden Januar kennenlernen sollte, in seiner in lateinischer Schrift veröffentlichten Tanka-Sammlung NAKIWARAI die dreizeilige Form gewählt.

26 ITZ, Bd. 4, S. 289

27 Vgl. S. 102

28 Zur Problematik dieses Titels und seiner Übersetzung vgl. S. 149